PRISONNIER

Je remercie tout particulièrement Georges Suaudeau. A l'âge de vingt ans, il était sergent au cinquième bataillon de parachutistes vietnamien. Combattant à Dien Bien Phu, il fut prisonnier du Vietminh. Il marcha sept cents kilomètres, pieds nus, dans des conditions inhumaines pour rejoindre le camp soixante-quinze près de la frontière chinoise.

Ce roman lui rend particulièrement hommage et, à travers lui, à tous les prisonniers et victimes du vietminh…

Remerciements à Georges Herbin, radio dans l'artillerie à Dien Bien Phu, à l'origine avec Georges Suaudeau, de ce roman.

Remerciements à Michel Ponceau,
René Cuvillier,
Gil Bargy,
Françoise Lemret
pour leurs aides précieuses et complémentaires.

Du même auteur sur Amazon livres :

L'ILLUSION D'UN REVE (Roman)

CONFIDENCES ET CONFESSIONS D'UNE FEMME (Roman)

MON MOIS DE MAI 68 (Roman)

« Mon mois de mai 68 » a été traduit en Anglais par Elizabeth Workman sous le titre : MY STORY OF MAY 68.

CRIME SANS CHATIMENT (Roman)

LES ETRANGES CRIMES DU PLATEAU DE LA VIADENE (Roman)

LA DROLE DE VIE D'ANDRE RIGAL DIT « Dédé ». (Roman)

LA VIE CACHE DE « Dédé ». (Roman)

COMMENT BIEN S'ALIMENTER (Précis de diététique)

COMMENT RESTER EN BONNE SANTE (Précis de médecine préventive à l'usage de tous)

POEMES ET CHANSONS Tome 1

POEMES ET CHANSONS Tome 2

POEMES ET CHANSONS Tome 3

Retrouvez les poèmes et chansons de Gilbert Trichet sur la chaîne YOUTUBE / GILBERT TRICHET.

PREMIERE PARTIE : C'ETAIT AVANT.

Le saut dans l'inconnu.

Au petit jour du quatorze mars 1954, les sergents Marcel Rigal, Thierry de Chateaurenard et Georges Suaudeau montèrent à bord du Dakota qui les emmenait sauter sur le camp retranché de Diên Biên Phu. On pouvait lire sur leurs traits un mélange d'enthousiasme et d'impatience auxquels se mêlait un peu de crainte. La veille, le cinquième bataillon de parachutistes vietnamiens dont ils étaient des sous-officiers, avait eu les honneurs du général Navarre, général en chef du corps expéditionnaire français en Cochinchine. Il leur avait parlé en ces termes :

- Votre mission consiste à desserrer l'étau que les forces Vietminh du général Giap, imposent au camp retranché de Diên Biên Phu ! Vous contribuerez avec l'ensemble des dix mille hommes du camp à mettre les soldats ennemis en déroute ! Le Vietnam est un état indépendant depuis 1949 sous protectorat français. C'est l'honneur de la France de défendre ce jeune état, attaqué par le Vietminh communiste soutenu par l'URSS et la Chine.

Après deux heures de demi-sommeil assis au fond de l'avion, ils furent réveillés par des tirs nourris de D.C.A. Le pilote cria :

- Le Vietminh canarde. Préparez-vous à sauter je ne ferai qu'un passage sur zone !

La porte s'ouvrit et, un par un, les paras de la compagnie du capitaine Nguyen Van Phan sautèrent. Un vent frais de force deux, pas totalement défavorable, soufflait du nord-ouest. Les autres Dakota suivaient, larguant les autres compagnies. En moins d'une demi-heure les six cents hommes du cinquième bataillon parachutiste vietnamien étaient dans les airs et atterrissaient sur le « drop point » sous une pluie de balles et d'obus.

La veille, le treize mars à seize heures le Vietminh avait déclenché l'attaque du camp retranché par un bombardement d'artillerie intense. Dans la nuit, leurs soldats prirent le premier piton de retranchement, nommé Béatrice.

Les paras arrivaient en pleine bataille. La survenue de ces renforts dans le petit jour déclencha la fureur de l'ennemi. Ils canardèrent de partout. D.C.A, canons de cent-cinq, mitrailleuses contribuaient à faire de ce saut un enfer. Les balles sifflaient autour des trois sergents tandis qu'ils descendaient. En arrivant au sol, ils plongèrent dans la tranchée ou le trou de bombe le plus proche, soulagés d'atterrir enfin sains et saufs. Là, ils reprirent leurs esprits, enlevèrent les harnachements qui les solidarisaient à leurs parachutes. Marcel tira de sa ceinture sa petite gourde kaki, une habitude de vieux soldat qu'il avait prise dans la deuxième D.B du maréchal Leclerc. Il but une gorgée de gnôle en se disant : « Au moins, ça c'est un accueil ! Va y'avoir du grabuge ! Il n'était pas venu ici pour jouer à la belote ! Ce n'était pas comme l'occupation de la Sarre où il s'était tant ennuyé dans le brouillard et la brume de Saarbrücken. » Il y aura du grain à moudre ! Ayant maitrisé sa peur, il sourit en regardant tout autour de lui. Georges et Thierry étaient un peu plus bas. Ils lui firent signe. Ils se rapprochèrent en utilisant des tranchées creusées récemment.

- Hé ! Les gars, ça va ?

- Oui ! Mais le comité d'accueil nous a soignés !

- Ils ne rigolent pas !

Marcel Rigal regardait, observait, analysait :

- J'ai comme l'impression que c'est le début de la fin… Tu vois cette puissance de tir ! On nous avait dit qu'ils n'avaient pas d'armement lourd. Ils canardent Gabrielle avec des canons de cent-cinq ! Et la D.C.A, ce n'est pas du lourd, par hasard ?

- Tu crois ?

- Le Vietminh est sur le piton, là-haut…

- C'est le Béatrice ! Ils l'ont pris la nuit dernière, semble-t-il. De là, ils vont pouvoir nous canarder…

- Ils tirent sur Gabrielle… C'est probablement leur prochain objectif. S'ils le prennent, la piste d'atterrissage sera en danger. C'est là qu'on va se battre les gars, et ça va être chaud ! Le contraire m'étonnerait !

Comment en était-on arrivé là ?

Un bref rappel historique paraît nécessaire pour mieux comprendre la suite des aventures de nos trois héros.

L'indépendance du Vietnam sous le protectorat français avait été proclamée par la France en 1949. C'est l'ancien empereur d'Annam, Bao Dai qui avait été institué chef de l'état. Le mouvement nationaliste et communiste d'Ho Chi Minh à qui la France avait refusé le leadership, prit aussitôt le maquis. Il était soutenu par l'U.R.S.S et la Chine de Mao Tsé Tong. Après la victoire du camp retranché de Na San (1952) où le Vietminh avait été mis en déroute, l'état-major français a voulu renouveler l'expérience. Il désirait frapper un grand coup en attirant les divisions ennemies à Dien Bien Phu, afin de les détruire.

Le camp de Diên Biên Phu était situé au Nord-Vietnam à deux heures d'avion de Hanoï au milieu d'une jungle inextricable. Par la route le voyage pour l'atteindre, était très compliqué et presque impossible. C'est une large plaine de sept kilomètres de large sur quinze de long traversée par la rivière Nam Youn, idéale pour installer une piste d'atterrissage. Cette cuvette est entourée de collines et de pitons rocheux escarpés que le haut commandement appela par des prénoms féminins. Nous connaissons déjà Béatrice et Gabrielle. La défense française s'y installa et créa ses fortifications. Les meilleures unités du corps expéditionnaire y furent massées : paras, légion, artillerie etc.

Revenons au quatorze mars 1954. Le piton Gabrielle était défendu par le septième régiment de tirailleurs algériens qui repoussèrent les assauts répétés des soldats de Giap toute la nuit, mais cédèrent le terrain au matin du quinze mars. Le cinquième bataillon parachutiste vietnamien ainsi que le premier bataillon étranger parachutiste furent envoyés en renfort. Ces troupes aguerries se heurtèrent à des tirs d'artillerie nourris et à une combativité farouche de l'ennemi. Nos trois sergents à la tête de leurs hommes se battirent plusieurs heures durant. Malgré leurs efforts, ils ne purent reprendre le piton sur un ennemi bien retranché et surarmé.

Le camp retranché était sous le choc. Les hommes comprenaient que les ennemis étaient nombreux, combatifs et surarmés. La suprématie des Français n'était plus aussi évidente. Le seize mars, l'espoir renait avec l'arrivée du sixième bataillon de parachutistes coloniaux du commandant Bigeard. Il orchestrera une violente contre-attaque le vingt-huit mars qui mettra à mal l'ennemi mais sera insuffisante pour sauver le camp retranché.

Le dernier avion à se poser sur la piste le vingt-sept mars est un avion sanitaire. Il vient évacuer les blessés. A son bord se trouve une jeune infirmière : Geneviève de Galard. On en fera une héroïne du camp. Sa légende d'infirmière dévouée au chevet des nombreux blessés, se répandra comme une trainée de poudre à travers le monde jusqu'à faire la couverture de Paris-Match. Elle ne put pas repartir. L'avion fut une cible magnifique pour l'artillerie Vietminh. Désormais la piste d'atterrissage est inutilisable et le camp retranché n'est plus ravitaillé que par des parachutages.

Laissons pour l'instant l'histoire de la défaite de Dien Bien Phu pour nous intéresser à nos trois héros.

Rencontres.

Le grand Marcel Rigal entra dans le dortoir de l'école des sous-officiers de l'Armée de terre de Strasbourg. Trente lits s'étendaient devant lui, quinze lits de chaque côté de l'allée centrale. « Personne ! se dit-il. Je suis le premier. » Il choisit le dernier lit au fond à droite, posa son paquetage et s'assit songeur. Il se sourit à lui-même : ça lui faisait drôle de retourner à l'école.

- A trente-deux ans, j'ai déjà une longue carrière militaire derrière moi !

Les lecteurs qui ont lu « Crime sans châtiment » connaissent Marcel Rigal. C'est l'aîné d'une famille nombreuse de Mels, hameau de Sainte Geneviève sur Argence dans le Rouergue. Ses parents y possèdent une fermette avec un hectare de pré situé tout autour, ce qui est bien insuffisant pour nourrir quatre fils et deux filles. Son père « se louait » dans les fermes environnantes pour nourrir sa famille. Marcel lui-même fut tour à tour manouvrier, berger et ouvrier agricole. En 1943, il refusa de partir travailler en Allemagne au S.T.O et avec ses amis du canton de la classe 1940, prit le maquis. Intégré au réseau Combat, puis au F.F.I, ils contribuèrent à la libération de Rodez puis de Millau. Marcel rejoignit ensuite l'armée du général de Lattre de Tassigny puis intégra la deuxième D.B dont il fut de tous les combats. Il fut l'un de ceux qui prirent le Nid d'Aigle de Berchtesgaden pour y planter le drapeau français au grand dam des américains.

Soudain la porte s'ouvrit. Un grand brun jaillit en trombe, cognant son paquetage au chambranle. Il traversa à grandes enjambées, non dénuées d'élégances, l'espace qui les séparait et se présenta ainsi à Marcel :

- Caporal-chef Thierry de Chateaurenard ! Salut ! lui fit-il en lui tendant la main.

Marcel se leva, souriant. Content de trouver un compagnon pour partager le reste de la journée :

- T'as un joli nom à rallonge ! Un peu marquis… peut-être ?

- Peut-être… Sous l'ancien régime ! La république s'est contentée de faire de moi un caporal-chef ! Bientôt sergent ou sergent-chef si je suis un bon élève dans cette école, ce que je n'ai jamais été !

Un grand et beau sourire se dessina sur ses traits réguliers. Marcel observait cette physionomie sereine au teint hâlé, au regard droit qui en imposait. Cette aisance, ce port de tête, cette distinction l'étonnaient. Il n'avait rien d'un soudard. Que venait-il faire dans cette galère ? Il l'imaginait plutôt en costume trois pièces prenant le thé avec des dames dans un grand hôtel parisien. Cet uniforme d'élève sous-officier ne lui seyait point ! La sagacité du grand Marcel était aiguisée. Il sentait un être policé, forgé par une bonne éducation. « Une histoire à découvrir » se disait-il. Il ne voulait pas importuner son nouveau compagnon par des questions indiscrètes ; il ne put s'empêcher de demander :

- Qu'est que tu fais ici ? J'ai comme l'impression que tu n'es pas à ta place !

Dans le ton de sa question était inclus : « Ce n'est pas un endroit adapté aux individus de ta classe ! »

- C'est une longue histoire ! Pour faire court, je dirais que j'en ai eu marre de mon milieu familial pesant, d'un père omnipotent et autoritaire qui m'écrasait, d'une mère bigote et soumise. C'est pour échapper à mon destin écrit d'avance que je me suis engagé. C'est surtout l'appel de l'aventure, le besoin de bourlinguer, la soif de découvrir le monde autrement que dans le confort des palaces... Nous aurons l'occasion d'en reparler en détails !

Marcel nota le langage châtié et pour tout dire admirable de son nouveau compagnon. Le beau timbre de sa voix avait d'élégantes inflexions non dénué d'un petit accent précieux.

Un brouhaha, des bruits de pas, un groupe bavard et rigolard fit irruption.

- Salut ! On s'installe où on peut ?

Georges Suaudeau s'approcha, serra la main de nos deux compagnons. Il était grand et fort. Son visage poupin assez pâle trahissait sa jeunesse. Le grand Marcel pensa : « Un jeune à fortifier, à aguerrir et à protéger. Sa longue carrière militaire connaissait ce genre de gars fragile au départ et qui s'endurcit vite sur le terrain.

- Je peux m'installer à côté de vous ?

- Bien sûr, plus on est de fous, plus on rigole !

- Et, il faut être fou pour s'engager dans l'armée en temps de guerre !

- L'Indochine ? Ce n'est pas vraiment une guerre ! Le Vietminh ? Une armée de va-nu-pieds sans véritable armement ! Rien à voir avec l'armée allemande, plastronna le grand Marcel.

- Tu crois ? J'espère que tu as raison !

- Tu verras quand nous arriverons, ils se sauveront comme des lapins et nous n'aurons même pas besoin d'ouvrir le feu ! Bon, vous êtes installés ? Allons arroser notre amitié nouvelle au mess !

Georges détaillait ses deux compagnons. Il regardait le visage de Marcel puis celui de Thierry.

- Etrange, se disait-il, mêmes yeux marron, même chevelure brune, même forme du visage, à peu de chose près, la même taille.

Il était réellement intrigué. Il chercha leurs différences. Certes Marcel avait le visage buriné, sa peau était bronzée. On voyait qu'il avait vécu au grand air tandis que Thierry avait une peau plus pâle, plus régulière et plus lisse.

- Ils ont à peu près le même âge. Je parie que Thierry a un ou deux ans de moins. Il est plus svelte tandis que Marcel a un petit ventre de buveur de bière.

- Qu'est-ce que tu as à nous dévisager de la sorte ? fit Marcel.

- Vous êtes frangins ?

Marcel et Thierry s'esclaffèrent. Georges nota les différences. Marcel rigolait bruyamment avec les gesticulations d'un soudard proche de l'ivresse tandis que Thierry se contentait de sourire, discrètement amusé par l'innocence d'un camarade plus jeune.

- Pas que nous sachions, répondirent-ils en même temps.

Le ton de leurs voix qui exprimaient l'étonnement, était différent. Marcel avait gardé son accent rocailleux, rude et chantant du Rouergue. On sentait dans ce ton grave, la puissance virile d'un paysan un peu rustre tandis que Thierry avait un léger accent parisien non dénué d'élégance qui aurait pu être celui d'un dandy s'il n'était pas déguisé en kaki.

- Levez-vous que je compare votre silhouette.

Ils s'exécutèrent en souriant comme si ces comparaisons devenaient un jeu.

- Vous avez la même taille ! Peut-être pas la même allure. Vraiment vous vous ressemblez beaucoup !

- Tu mesures combien ? fit le grand Marcel.

- Un mètre quatre-vingt-trois pour soixante-dix-huit kilos ! Et toi ?

- Un mètre quatre-vingt-cinq et quatre-vingt-deux kilos !

- Et pourtant Thierry paraît plus élancé, commenta Georges.

Toujours autant surpris, ils coururent aux « lavabos » pour se comparer dans les miroirs. Ils s'amusèrent longtemps à grimacer, à se tourner d'un côté, puis de l'autre. C'était vrai. Leur ressemblance était frappante. Si on les examinait en détail, on s'apercevait qu'il subsistait des différences notables.

- Ce n'est pas si évident, conclut Marcel.

- De toute façon nous sommes frères d'armes, renchérit Thierry.

- Je vous assure que vous vous ressemblez… comme deux gouttes d'eau… c'est exagéré ; mais, vraiment beaucoup, insista Georges.

Pendant trois mois, ils suivirent des cours théoriques et pratiques, s'entraînèrent au maniement des armes puis passèrent l'examen. Ils furent brillamment reçus et arborèrent fièrement leurs nouveaux galons de sous-off. Après quoi on leur demanda de choisir un régiment. Ils se consultèrent. C'était le dernier soir au mess. La troisième bière venait de disparaître dans leur gosier. Ils devaient donner leurs réponses avant de partir le lendemain en permission. Quinze jours leur étaient accordés pour les récompenser de leur succès. Le grand Marcel prit la parole :

- Moi, les copains, j'en ai marre de la biffe, de cette vie en caserne, des brumes et du brouillard de la Sarre ou de la Ruhr. J'ai envie de voir du pays ; j'ai besoin d'action et de soleil, j'ai envie de voler dans les airs. Aussi je vais choisir les paras !

Thierry de Chateaurenard approuva :

- J'ai toujours rêvé de sauter en parachute ! Je voulais vous en parler. J'ai envie d'une vie pleine d'aventure et d'action. Je ne désire pas moisir dans une caserne de l'Est de la France et passer mon temps à instruire les jeunes recrues. Je veux voir des pays avec du soleil et partir en commando dans la jungle… Affronter et dominer ma peur. Vivre, quoi ! Je suis d'accord avec toi ! On y va !

Georges hésita :

- Vous en êtes sûrs les gars… Moi aussi, j'ai envie de sauter en parachute ! C'est sûrement très excitant de maîtriser sa peur et de s'envoler dans les airs ! Votre enthousiasme est communicatif… Allez ! J'y vais… Nous essaierons de rester ensemble ! D'accord ?

- O.K les gars, tous solidaires, quoiqu'il arrive ! conclut le grand Marcel.

La permission de Marcel.

Marcel Rigal arriva à la gare de l'Est vers dix-huit heures. « Il n'y a pas de temps à perdre » se dit-il. « Avec un peu de chance, j'aurais le train de nuit pour Aurillac ». Il se précipita sur son barda et descendit à grandes enjambées les boulevards qui mènent vers la gare d'Austerlitz. Il avait bien une heure d'avance quand il s'accouda au bar du buffet. Il arborait fièrement ses nouveaux galons de sergent. Le garçon derrière son comptoir ne semblait pas pressé de le servir. Marcel attendit patiemment quelques minutes. L'autre rangeait sa vaisselle sans se soucier de la soif intense de son client. Celui-ci s'éclaircit la voix pour manifester sa présence. Le garçon lui jeta un regard en coin manifestement hostile. « Tiens, encore un qui n'a pas l'air d'aimer les militaires, surtout quand ils sont sous-off » se dit-il. Alors de sa grosse voix légendaire, il déclama comme un acteur sur la scène du théâtre de la ville :

- Un demi de bière… s'il vous plait, Monsieur !

Le garçon comprit. Il s'exécuta sans un mot, ni un sourire. Marcel se tourna vers la salle en sirotant sa bière. Cette tronche pâle d'anémique l'énervait. Il se retenait de lui botter le cul à grands coups de rangers…

Le train de nuit était loin d'être bondé. Il trouva un compartiment où, seul il put s'allonger de tout son long sur la banquette et dormir du sommeil du juste. Il se réveilla en sursaut quand le haut-parleur annonça : « Aurillac. Dix minutes d'arrêt » Un coup d'œil à sa montre l'avertit : six heures quarante-cinq, enfin il était au pays ! Ou presque…

Le car pour Sainte-Geneviève sur Argence partait à huit heures. Il était déjà là, qui attendait sur le parking en face de la gare. Il avait le temps de prendre un café. Il éprouvait toujours une vive émotion quand il revenait au pays. Son cœur battait la chamade, ses mains tremblaient quand il porta la tasse à ses lèvres. « Etrange, je tremble beaucoup plus que quand l'armée allemande avait tenté une contre-attaque dans le massif des Vosges et qu'il avait fallu porter secours à un bataillon U.S en grande difficulté. » Il aimait retrouver ce pays de pâturages et de forêts, de maisons aux pierres de granit brut, aux toits de lauzes grises aux reflets verts, ce pays où il avait grandi, où il avait couru les forêts et les bois, et braconné les truites dans les torrents. Il irait revoir « le bout du monde » la forêt refuge où il avait pris le maquis avec ses camarades de la classe 1940 et la ferme de la Bastide dans laquelle lui et plus de quarante résistants s'étaient cachés pendant le long et dur hiver 1943. En choisissant les paras, il entrait dans une unité combattante. Quand on frôle trop souvent la mort, elle finit par vous atteindre… « C'est peut-être la dernière fois que je revois mon beau pays ! » se disait-il. Cette raison expliquait ce tremblement émotionnel, ce serrement dans la poitrine qui l'étouffait. Il embrasserait aussi sa mère peut-être pour la dernière fois… cette mère qui l'avait protégé de ce père, souvent éméché, qui imposait son autorité sur sa nombreuse famille en braillant et en menaçant, sans parler des coups qui ne manquaient pas de pleuvoir en cas de désobéissance.

Du bar, il vit le chauffeur du car arriver, escalader le marchepied et s'asseoir. Le moteur diesel démarra en toussant et en crachant une épaisse fumée noire. C'était le moment d'y aller.

- Mels, dit-il au chauffeur.

- Cent quatre-vingt francs, fut la seule réponse.

Marcel s'installa à l'arrière où il serait tranquille pour sommeiller pendant l'heure et demie du voyage.

Il descendit le village à pied. Rien n'avait changé. Les fermes étaient toujours aussi pimpantes dans leur écrin de verdure et les volailles se promenaient toujours en caquetant au milieu de la route. Il passa devant la petite chapelle romane qui ajoutait un charme désuet à son village. Arrivé devant la fermette de ses parents, « chez lui, » disait-il toujours, il examina l'ensemble. Il fut tout de suite rassuré. L'image idyllique de ce havre de paix qui le suivait partout, n'avait pas changé. L'enclos de pierre sèche fermé par une vieille barrière de bois, la verte prairie qui descendait en pente douce vers la maison de pierres apparentes avec son toit d'ardoises grossières et l'étable dans son prolongement, tout ça était en place, riant sous le soleil. Deux vaches broutaient dans le pré. Les deux chiens attachés à la niche aboyèrent puis émirent un cri plaintif en remuant la queue. Ils l'avaient reconnu. La mère Rigal qui était occupée à plumer une volaille, sortit tout de suite :

- Voilà mon militaire ! Et avec de nouveaux galons !

Le ton de sa voix exprimait toute son admiration. Ils coururent l'un vers l'autre et s'embrassèrent de longues minutes. Son père consentit à sortir :

- Voilà le soudard de la famille ! Et sergent avec ça. L'armée française doit être bien en déroute pour faire d'un analphabète, un de ses chefs !

- Papa, s'il te plait ! Je ne suis pas analphabète ; j'ai le certificat d'études que tu n'as jamais passé !

Ils se serrèrent la main. Marcel sentit la distance et la méfiance de son géniteur. Elles eurent l'effet d'une claque sur son amour-propre.

- Entre ! dit finalement son père… avec le sourire.

Depuis la libération, un grand portrait de Staline trônait au-dessus de la cheminée. Il venait de mourir et la presse communiste chantait ses louanges. Son père qui lisait « La Terre » journal du P.C.F destiné à s'introduire dans les milieux paysans, était posé sur la maie. Marcel était toujours joyeux de retrouver les siens, son village et ses copains. Son père n'admit jamais qu'il restât dans l'armée.

- La résistance, c'est fini. Nous avons gagné la guerre contre le fascisme !

Et il se tournait vers le portrait, enlevait son béret comme pour saluer l'icône et se taisait…

- Papa, je te l'ai déjà dit… Ce qui est fini, c'est ma vie de berger, d'ouvrier agricole… Je ne veux pas être un paria toute ma vie, comme toi, à pleurer les hobereaux pour avoir un engagement de quelques semaines. Ma vie, c'est l'armée française présente sur les cinq continents… Ma vie… C'est de voir du pays ; c'est l'aventure permanente…

- L'aventure pour faire perdurer l'oppression des peuples colonisés. Rappelle-toi… Tu as pris le maquis pour que la France ne soit pas une colonie de l'Allemagne ! Alors, ça suffit, quitte cet habit militaire ! Que fait la France en Indochine ?

- J'ai confiance dans la politique de mon pays. Tout ça nous dépasse… Et je combattrai toujours pour la liberté. Tu es trop influencé…

- Et, toi… tu es du côté des oppresseurs…

- Je n'ai fait que me libérer de ma condition d'ouvrier agricole, abruti par le travail et ne connaissant que son clocher…

- Allez, ça suffit, les hommes ! Chacun suit son chemin et je souhaite que celui suivi par nos enfants soit meilleur que le nôtre. Tout change. Rien ne sera plus comme avant et il faut pouvoir l'admettre.

La permission de Thierry.

Thierry de Chateaurenard n'était pas pressé de rentrer chez lui. Aussi accompagna-t-il Georges à la gare de Kehl. Ils traversèrent ensemble le Rhin par le célèbre pont. Le père de Georges, militaire de carrière, était commandant de la caserne de Fribourg en zone d'occupation française en Allemagne. Ils se quittèrent juste avant la frontière et Thierry prit le prochain train pour Paris. Il arriva tard à la gare de l'Est, trop tard pour avoir un autocar pour Sainte Geneviève dans l'Oise. « Il sera toujours temps de revoir ce père autoritaire et omnipotent » se dit-il. Il avisa un hôtel où il passa la nuit. Le lendemain, après avoir flâné dans les rues de la capitale, il prit le car Renault de dix-sept heures.

Les Chateaurenard dont les lointains ancêtres avaient participé – disait-on - aux croisades, étaient devenus industriels à la fin du dix-neuvième siècle, sous l'impulsion d'un grand-père polytechnicien. Cet ancêtre avait fondé une usine de boutons dans les dépendances de la maison familiale. Cette industrie avait prospéré rapidement et s'était complétée par une fabrique de brosses en tout genre c'est-à-dire à cheveux, à habits, à dents etc. A l'époque de Thierry, la gamme des brosses se déclinait dans toutes les qualités avec des armatures soit en nacre, soit en plastique ou en bois.

Quand Thierry naquit en 1922, tout paraissait être rose pour ce bébé joufflu. Il avait dans son berceau non seulement une grande propriété familiale, mais aussi des biens dont il ne connaissait pas l'importance et comme une cerise sur le gâteau, deux usines l'une de boutons, l'autre de brosses.

Thierry se révéla rapidement être un enfant turbulent et gai, hyperactif qui n'aimait pas rester assis dans une salle de classe. S'amuser, faire du vélo dans le grand parc du château familial, se moquer des adultes, du personnel, bonnes ou cuisinières comme de ses professeurs étaient son passe-temps favori. En 1930, naquit sa sœur Daphnée qui fut tout pour lui et avant tout, dès ses trois ou quatre ans, sa compagne de jeux. Il renvoya son professeur de piano ; même le curé qui tenta de lui enseigner avec beaucoup de patience, des rudiments de catéchisme, devint sa bête noire. Après avoir redoublé sa sixième et sa cinquième, on le renvoya du lycée Félix Faure de Beauvais. Par contre, son aptitude à l'éducation physique était parfaite que ce soit en gymnastique, athlétisme ou sport d'équipe, il étonnait ses camarades par ses performances et son adresse, notamment au football. Il était capable de descendre les trois-quarts d'un terrain en driblant quatre ou cinq adversaires, puis de marquer le but. Il entra par protection au lycée Saint Esprit où on l'inscrivit comme pensionnaire. Après trois échecs au premier bac, à cause de la note éliminatoire en Français, il partit au service militaire.

L'armée fut pour lui une révélation. Il y retrouva l'ambiance de camaraderie de la pension. Son aptitude dans tous les sports et son endurance forcèrent l'admiration de ses camarades. Il aima d'emblée cette vie insouciante loin des conventions et des devoirs familiaux.

C'est dire le désespoir de son père ! Il aurait aimé avoir un fils polytechnicien comme lui, à la rigueur qu'il fasse une école d'ingénieur afin de reprendre un jour la direction des usines et la gestion de l'immense patrimoine. Les relations entre le père et le fils se dégradèrent. Les mots les plus doux étaient : « bon à rien, analphabète, grand navet, etc. » Sa mère le protégeait de ce père désespéré, devenu au fil des jours, acariâtre. C'était une protection lourde et pesante dont Thierry aurait voulu aussi s'affranchir, mais un fil invisible et ténu le retenait : celui de la considération, du respect et du cœur !

S’il n’y avait pas eu cette sœur, Thierry se serait ennuyé à mourir dans cette grande propriété familiale pourtant dotée de vastes dépendances, cour et jardin et même d’un petit bois d’agrément avec une tonnelle au sein d’un labyrinthe et de larges allées qui permettaient aux enfants de jouer et de se promener.

Bref, retourner chez ses parents était synonyme d’ennui profond, de conflits avec son père qui n’arrêtait pas de le dévaloriser et de dégrader l’image qu’il avait de lui-même. Seules les promenades avec sa sœur ou les longues conversations qu’il avait avec elle, adoucissaient le « calvaire » de cette permission. Celle-ci étudiait la médecine à Paris - elle était déjà en quatrième année – et lui parlait abondamment de sa vie et de ses nombreuses conquêtes amoureuses pour lesquelles elle refusait tout engagement.

Quand il quitta ce père, qu’il embrassa sa mère et sa sœur pour aller à l’école de parachutisme militaire de Montauban, il fut soulagé d’un grand poids comme d’une trop lourde charge à porter sur ses larges épaules.

Nos trois héros suivirent les cours théoriques puis s’entrainèrent à sauter en parachute notamment à Pau. Après quoi on les envoya en Indochine où ils furent promus sergents instructeur du cinquième bataillon de parachutistes vietnamiens.

DEUXIEME PARTIE : PRISONIERS DU VIET MINH.

La reddition.

La résistance fut héroïque. De nombreuses contre-attaques et notamment celle de Bigeard le vingt-huit mars ne purent faire reculer un ennemi surarmé et aux effectifs triples de ceux du corps expéditionnaire. Le camp retranché était désormais isolé, ravitaillé en vivres et munitions par des parachutages aléatoires, abandonné par un quartier général amorphe et des politiciens sans envergure. Les combattants étaient abrutis et découragés par des bombardements incessants qui ne leur laissaient aucun repos. Début mai les derniers bastions (Eliane, Huguette et Isabelle) tombèrent. Les munitions commencèrent à manquer. Les derniers points d'appui cédèrent le sept mai au matin. La reddition fut décidée le même jour à dix-sept heures. Les hommes eurent l'ordre de détruire leurs armes pour qu'elles ne tombent pas dans les mains de l'ennemi. Des explosions retentissaient ici et là, puis le silence s'installa, étonnant, comme une sourde torpeur après tout le vacarme ahurissant des derniers jours.

Le grand Marcel sortit de son trou, jeta son casque pour mieux contempler le ciel et s'exclama :

- C'est fini les gars ! Nous avons perdu cette bataille, mais nous en gagnerons d'autres !

Il n'en croyait pas ses yeux. Autour de lui, gisait un champ de ruines, de carcasses calcinées, de trous de bombes et de tranchées mais le ciel d'azur était si clair qu'il voyait au loin les collines où s'abritait l'ennemi.

Il n'en croyait pas ses oreilles. Elles lui permettaient de jouir d'un précieux silence étonnant après tous ces jours passés dans un vacarme abrutissant et démoralisant.

Il n'en croyait pas son courage ou son insouciance. Il osait se mettre debout à l'air libre pour profiter de la chaleur du soleil sur son visage, là où quelques instants plus tôt il aurait été déchiqueté en une seconde par les tirs nourris de l'ennemi, au milieu d'un champ de bataille désolé avec des ennemis innombrables et implacables qui guettaient de toutes les collines alentour. Quel n'était pas son soulagement de s'en être sorti vivant et indemne !

Soudain un bruit de pas précipités attira son attention. Un soldat Vietminh (bo doï) déboucha d'une tranchée la mitraillette en avant. Il dit un ordre bref dans sa langue en le visant. Marcel pensa d'abord : « Va te faire foutre !» En voyant la face terrible et maculée de terre du bo doï et en percevant très bien son impatience d'être obéi illico, il comprit qu'il allait appuyer sur la gâchette. Il abandonna sa superbe et dans un réflexe grégaire de survie, leva les bras en l'air. C'était pour lui l'humiliation suprême. Depuis qu'il avait pris le maquis en 1943, il avait su éviter cette éventualité tant redoutée de tous ses camarades. Et même, il avait éprouvé la fierté de recevoir la reddition d'une douzaine d'Allemands, en Alsace, fin 44. C'était son tour maintenant d'être prisonnier… Des dizaines de bo doï émergeaient de tous les boyaux, la mitraillette au poing tandis que les différentes unités du corps expéditionnaire français sortaient les mains en l'air, des blockhaus et tranchées qui les protégeaient.

Le tri.

Les vaincus hirsutes, barbus, le dos voûté, étaient dirigés vers l'arrière des positions Viet Minh par des bo doïs, jeunes et craintifs, au départ. Rapidement, ils comprirent qu'ils avaient toute autorité sur les captifs et les ordres fusèrent autoritaires, de même que les coups de crosses quand l'un d'eux, mal compris, tardait à être exécuté. Leur groupe arriva dans une épaisse forêt. Des oiseaux chantaient. Quel contraste avec les pitons dénudés, le champ de ruines de la plaine et la boue des tranchées. Les racines paysannes de Marcel vibrèrent. La jungle, le chant des oiseaux, l'odeur du sous-bois réveillèrent le chasseur, le pêcheur, le braconnier qui sommeillaient en lui. Il vit les traits tirés et la mine déconfite de ses camarades ! Il devenait urgent de les réconforter :

- Nous sommes des prisonniers de guerre. Nous n'avons plus qu'à attendre la paix qui nous libérera. Nous sommes en vacances, les gars !

Ses deux compagnons n'osaient le contredire.

- Tu crois que nous allons reprendre nos parties de belote ?

- Pourquoi pas ? Mes prisonniers Allemands furent très bien traités, même ordinaire que la troupe, même baraquement. Les blessés furent soignés par le service de santé de la même manière que les blessés alliés ! C'est l'honneur de la France, de sa tradition républicaine de bien traiter et de soigner les prisonniers ennemis. Alors pourquoi pas les communistes ? J'ai combattu dans le maquis aux côtés de réfugiés espagnols communistes qui se disaient… « Républicains » ! Ils m'ont paru être de bons camarades ! Allez les gars, tout va bien se passer ! La quille est pour bientôt !

Des grognements inaudibles exprimèrent le doute de Thierry et de Georges. Crevés, vidés, ils ne réalisaient pas encore. Ils craignaient l'avenir. Ils savaient que le grand Marcel était un optimiste endurci qui, dans les pires épreuves, savait leur remonter le moral.

- Pourquoi pas ? Peut-être, se disaient-ils.

- « Républicain, » ce mot ne signifie pas la même chose dans la bouche d'un communiste vietnamien ou espagnol que dans la conception de la République Française, ajouta Thierry. Alors, je crains le pire !

A l'abri de la forêt, dans une cabane de bambou recouverte de feuillages, sur un banc siégeaient cinq commissaires politiques. Devant eux, sur la table, étaient posés des registres. Après une longue attente, chaque prisonnier était méthodiquement fouillé. Des objets divers, couteaux ou autres, leur étaient confisqués et enregistrés. Puis les commissaires politiques les interrogeaient longuement : identités, grades, et aussi sur l'organisation, l'armement de leur bataillon. Après quoi on séparait les officiers d'un côté, des sous-officiers et hommes de troupe de l'autre. Les prisonniers étaient regroupés par nationalités : Les Français, les Nord-Africains, les Africains, les Allemands, les hommes des pays de l'Est (pays frères pour le Viet Minh). Chaque groupe devait recevoir un traitement et une propagande idéologique différents selon son pays d'origine.

Les prisonniers Vietnamiens du cinquième bataillon de parachutistes avaient l'air d'être plus inquiets que nos trois compagnons. Ils avaient raison de s'en faire. Ils furent dirigés dans des camps de « rééducation ». Aucun n'en sortit vivant.

Nos trois amis ainsi que tous leurs camarades passèrent leur première nuit de captivité couchés l'un contre l'autre sur le sol humide de la clairière, le ventre vide…

La longue marche.

Le lendemain, ils attaquent les premières pentes boisées des montagnes, attachés les uns aux autres par le poignet droit, séparés d'environ un mètre du précédent captif. Les rangers de luxe de Georges à semelles de crêpe très souple, idéales pour sauter en parachute, ne résistent pas longtemps aux chemins escarpés. Elles se détachent presque simultanément. Georges doit se séparer de ses chaussures et continuer pieds nus. Il fait jour. Il s'habitue le mieux possible. Il n'a pas le choix. Ses amis tournent en dérision cet accident de parcours. Georges ne rit pas, il serre les dents et s'applique à trouver les endroits qui ne déclencheront pas de douleur.

Ce parcours sera-t-il long ? Ils n'en connaissent pas encore la destination, ni la longueur. Ils n'en connaissent pas la fin… Ils croient encore, ils espèrent que cette marche sera courte et que le camp bénéficiera d'un confort modeste et acceptable. Cette longue marche de plus de sept cents kilomètres vers la frontière avec la Chine, à travers l'épaisse jungle du Nord-Vietnam, surtout de nuit, s'avérera pour lui comme pour tous ses compagnons d'infortune un long calvaire et même une marche à la mort. La plupart n'arriveront jamais et périront en chemin.

Les bo doï sont jeunes et malgré leurs mitraillettes toujours prêtes, assez craintifs. Ils ne sont pas haineux contrairement aux commissaires politiques. Pendant les haltes, ils comptent et recomptent les prisonniers comme s'ils avaient peur d'une évasion. Ce comptage se fait en position assise sur les talons, ce qui n'est pas évident au départ, pour des Européens. Le grand Marcel proteste à l'encan. Pour toute explication, il reçoit un grand coup de crosse dans l'estomac. Il se tord de douleur, recroquevillé sur le sol pendant une dizaine de minutes sous les yeux impuissants de ses amis. Puis il se relève sonné, meurtri. Une grimace douloureuse déforme son visage. Il s'assoit sur les talons en secouant lentement sa tête de bas en haut. Il a compris ; cette captivité ne sera pas une partie de plaisir : elle sera tragique…

- J'ai compris, chuchote-t-il à ses amis, on ne va pas se marrer…

- Soyons solidaires ! On ne s'en tirera que par la camaraderie et l'entraide !

- Et surtout, sachons garder le moral…

- Ce ne sera pas facile de me contenir devant tant de haine… mais nous n'avons pas le choix…

Ils croisent des centaines de « coolies » poussant une bicyclette chargée du ravitaillement en riz et en munitions pour les soldats du Vietminh. Leur charge est lourde, quelquefois plus de cent kilos. Ils peinent dans les montées et, pas à pas, au prix d'efforts démesurés par rapport à leur jeune âge et à leur petitesse, ils franchissent le sommet et disparaissent dans la pente.

Le précieux riz est stocké aux abords de la piste, tous les vingt à trente kilomètres, dans des « cagnas » en bambous recouvertes de feuillages, parfaitement à l'abri de l'eau, très bien camouflées et gardées par des hommes en armes.

C'est la saison des pluies. L'eau dégouline des arbres, incessante, pourrissant la piste boueuse. Le convoi continue imperturbablement à travers la jungle. Les hommes sont trempés jusqu'aux os. Ils rêvent d'un bon imper, d'un petit K-way, ou d'un poncho !

- Dire que j'ai oublié mon Burburry à la maison. Il est dans l'armoire de ma chambre, celle de droite ! Tu peux aller me le chercher ? Ricane Thierry, qu'on a surnommé « le marquis » depuis l'école des sous-officiers. »

- Moi, un bon sac poubelle plié en deux me suffirait !

- Au moins, on sera bien lavé, plaisante Georges. Depuis combien de temps, n'aviez-vous pas pris une bonne douche froide ?

Les pieds de Georges sont en mauvais état, rouges, enflammés et tuméfiés. Il souffre abominablement. Il propose à un bo doï, marchant près de lui :

- Ma montre contre tes savates !

Marché conclu. Le bo doï n'a jamais eu de montre. Il est content. Malheureusement, ces savates n'iront pas loin. Elles soulageront Georges une longue nuit de déambulation dans une épaisse obscurité. Le lendemain, elles sont usées jusqu'à la corde. Elles ne lui tiennent plus aux pieds. Il les jette dans un geste rageur et le voilà de nouveau pieds nus sur la piste détrempée…

L'ordinaire du prisonnier se compose de riz sans sel, cuit à l'eau. Riz matin, midi et soir sans fruit, légume ou viande. La ration est d'environ huit cents grammes par jour. Elle est distribuée tous les quatre ou cinq jours. Certains ont la chance de posséder une musette qui permet de le transporter. Nos compagnons n'en ont pas. Ils lient l'extrémité inférieure de la manche de leur chemise ou de leur veste pour y glisser la précieuse céréale asiatique…

Sa cuisson était une véritable épreuve culinaire. Le bois le plus souvent était mouillé. Il fallait mendier du feu au bo doï le plus proche ou le plus coopérant. Les flammes montaient peu à peu au milieu d'une fumée épaisse et âcre. Les prisonniers ajoutaient des branches de plus en plus grosses. Un casque lourd rempli d'eau, était suspendu par sa lanière à une branche au-dessus du foyer. Ils laissaient bouillir ce liquide afin de le purifier, puis versaient les rations pour quinze. Après la cuisson venait la dégustation. C'est là que la déception s'affichait sur le visage des hommes. Cette fadeur, le manque de sel ou d'épice, l'absence d'autres mets, la monotonie du menu, altéraient le moral des hommes, puis leur santé. Ils se forçaient à manger, mais étaient pris de nausées. Certains furent rapidement atteints d'inappétence et dépérirent. Des carences vitaminiques apparurent, notamment le béri-béri.

Il pleut ! Il pleut toujours, il pleut encore… Le veinard qui a pu sauver un chapeau est envié par ses camarades. La nuit se fait de plus en plus sombre.

- Je n'y vois rien !

- Tu n'as qu'à suivre. Ce n'est pas difficile !

- Oui, mais mes « arpions » ne sont pas d'accord !

Thierry et Georges expriment ainsi un peu de leur peine, un peu de leur désespoir qui se manifestent par des plaintes et des grognements, de plus en plus chaque jour. Le doute s'installe. Le moral baisse. Marcel réagit :

- Les gars pensez qu'en France, c'est le printemps, claironne-t-il.

- Que nos copains prennent les filles par la main pour les emmener cueillir un brin de muguet dans le bois de Noailles, ricane Thierry en essuyant une larme qui perle malgré lui, au coin de son œil.

- « Si j'aurais su, j'aurais pas venu ! » Grimace Georges en imitant un personnage de bande dessinée... Je serai allé cueillir du muguet avec les jeunes filles de mon quartier !

- Je suis sûr qu'on va leur manquer, ajoute Marcel.

- Quand on va les retrouver, ce sera la fête.

On leur annonça enfin une journée de repos. Le convoi soixante-quinze ne repartira pas ce soir. La pluie avait cessé. Le soleil était revenu. Il dardait ses rayons bienfaisants sur les hommes trempés jusqu'à la moelle des os. Le sol séchait. Une brume légère montait des herbes et nappait la cime des arbres. Ils s'installèrent dans une clairière, s'allongèrent sur le sol qui suintait encore l'humidité. Les pieds furent mis à l'air. La plupart firent sécher leurs habits et leurs chaussures. Après un moment de repos, Georges proposa :

- Si on se faisait un peu de café ?

Thierry ricana :

- Expresso ou américain ? Où vas-tu le chercher le café ? A la boutique du coin de la rue ?

- Vous allez voir, on va griller un peu de riz dans une gamelle. On l'écrasera et on le fera bouillir dans de l'eau.

Thierry et Georges vont chercher du bois mort. Ils l'étalent au soleil pour le sécher. Un des sbires qui les gardent, est sollicité pour obtenir du feu.

Le bois flambe. Dans une ancienne boîte de ration, ils grilleront du riz. Puis ils ajouteront de l'eau qu'ils porteront à ébullition. Ils dégustent ensuite cette mixture dans un gobelet en alu qui n'est en fait qu'un emballage de bouchon allumeur de grenade ayant servi dans la bataille.

- T'as été scout ? demande Thierry.

- Je n'ai pas eu le temps. A quinze ans, j'étais berger dans un buron sur l'Aubrac, seul avec pour tout compagnon un chien fidèle et tout un troupeau de vaches et leurs veaux. C'était aussi la débrouille…

- Mon père m'avait inscrit chez les scouts pour m'aguerrir, m'éloigner de ma mère, qui me « couvait trop », selon lui. Il voulait m'endurcir, m'apprendre la vie réelle, en communauté. C'est en train de me servir. C'était le bon temps. On chantait le soir autour du feu de camp.

- Aujourd'hui, on déchante.

- On est quand-même autour d'un feu de camp !

- Quand on marchait sous la pluie, la nuit dernière, je chantonnais : « il pleut, il pleut bergère… »

- Regardez ! J'ai quelque chose qui me gratte et me lance derrière le dos, au niveau de la ceinture.

- C'est rouge et enflammé.

- C'est un abcès, diagnostique Thierry.

- Oui, ou un furoncle ? ajoute Marcel. Je vais chercher « Doudou !»

Doudou était le surnom d'un infirmier d'origine guadeloupéenne. Il était prisonnier dans le même convoi. Quand Georges avait été blessé fin mars sur Eliane quatre, c'est lui qui avait refait ses pansements chaque jour pendant au moins trois semaines. Il était toujours aussi dévoué auprès de ses compagnons d'infortune.

- C'est un abcès. Tu n'es pas le seul. J'en ai percé deux autres ce matin. C'est une véritable épidémie. Bon, il est mûr. Accroche-toi aux branches, je vais te le percer. Après, tu seras soulagé !

Il perça l'abcès et le vida avec l'aide de feuilles de plantes, cueillies tout à côté. Il n'y avait ni pansement, ni désinfectant ! Le furoncle laissa échapper son pus et guérit en quelques jours.

- Merci, Doudou !

Après cette journée de repos, les hommes s'endorment les uns contre les autres sur un tapis d'herbes à éléphants. Dans la nuit, la pluie se remet à tomber, drue en averses froides. Leurs habits sont de nouveau humides. Une surprise désagréable les attend : Les sangsues. Elles se sont accrochées la nuit au cou, aux bras, aux jambes et surtout entre les orteils ! Certaines ont tellement sucé leur sang qu'elles sont devenues grosses comme un doigt de la main.

- Si on tire dessus, elles laissent une plaie.

- La seule façon de s'en débarrasser est de leur brûler la queue avec une braise.

Heureusement, le convoi ne repartira qu'à la nuit tombée, ce qui laisse la journée pour s'en défaire ! Cette tâche occupa la plupart des prisonniers du convoi soixante-quinze une bonne partie de la matinée.

Le soir, c'est l'émoi dans tout le camp. Un prisonnier s'est échappé ! On compte et on recompte les hommes assis sur leurs talons, à l'annamite. Il en manque un ! Le commissaire politique est en colère. Il sermonne les bo doïs en Vietnamien. Puis il laisse éclater son mépris et sa haine :

- Vous vous croyez des prisonniers de guerre ! Vous n'êtes que des criminels de guerre. Sachez que tout évadé repris… sera « sévèrement » fusillé !

Il martèle un long discours où les mots chers à la propagande communiste internationale reviennent à intervalles réguliers : colonialisme, impérialisme, capitalisme, gouvernement fantoche de Bao Daï etc. Il y souligne la grande clémence du président Ho Chi Minh…

Les prisonniers, encore doués de sens critique, se retiennent de rire. Seule la peur les force à se tenir tranquilles et à écouter d'une oreille complaisante. Beaucoup sont déjà diminués par la fatigue, la malnutrition et les maladies parasitaires qui, en l'absence de tout traitement préventif, commencent à envahir les organismes affaiblis.

Marcel digère mal ce lavage de cerveau, d'autant qu'il a été, dans sa jeunesse, un propagandiste de cet acabit. Pour ne pas déprimer, comme d'habitude, il tourne le discours en dérision :

- A votre avis, c'est pire d'être fusillé sévèrement que d'être fusillé avec clémence et pourquoi pas avec amabilité ? Dix balles, au lieu d'une ?

- A mon avis, ils sont trop radins pour gaspiller dix balles !

- La clémence de l'oncle « Ho », c'est pour demain ?

- Oui, les lendemains qui chantent ! C'est connu. C'est même leur air préféré ! On aura le droit à un poulet rôti et à un lit avec des draps blancs…

La nuit suivante, alors qu'ils sommeillaient l'un contre l'autre, ils sont réveillés par une rafale de mitraillette et les longs cris d'agonie d'un homme dans la nuit. Celui-ci s'était isolé en s'éloignant un peu du campement pour des besoins naturels. Le bo doï réveillé en sursaut a cru à une évasion et lui a vidé tout le chargeur de sa « M.A.T. 47.»

Tout simplement…

C'était le dix-sept mai 1954, le jour de l'anniversaire de Georges. Il aurait pu fêter ses vingt ans s'il n'avait pas été dans la brousse, entouré par des geôliers qui, de toute évidence, ne connaissaient pas bien la signification du mot « clémence. » Nos amis n'oublièrent jamais ses longs et plaintifs gémissements d'agonie dans le silence de la nuit.

Qui était-ce ? Un gars comme eux ! Avait-il une mère, une femme ou des enfants ? Ils ne savaient même pas son nom, ni son histoire. Le convoi repartit en laissant pourrir son corps sans sépulture dans la jungle qui n'est pas aussi sauvage que certaine idéologie totalitaire.

Au cours de la journée suivante, l'évadé est repris. Le convoi se trouve aux abords de la rivière noire. Il s'agit du caporal-chef du sixième bataillon parachutiste qu'ils connaissent bien. Les prisonniers sont priés de se rassembler en rangs et au garde-à-vous pour entendre la sentence tandis que le condamné est attaché à un arbre, à genoux, pieds et mains liés derrière l'arbre. Le commissaire politique lit les motifs de la sentence :

- Ce criminel de guerre était en possession d'une boussole et d'une carte. Il s'est évadé. Il mérite la mort.

Le soldat posté à côté tire une balle dans la tête du malheureux.

La marche funèbre.

Les étapes étaient de plus en plus longues, épuisantes, harassantes, meurtrières. Des prisonniers dénutris, malades n'avaient plus la force de suivre. « Ils n'arrivaient pas tous à la fin du voyage. Ceux qui sont revenus, peuvent-ils être heureux ? » Ils s'écroulaient au bord de la piste, agonisaient sans soin et sans aucun secours. On les oubliait… Ils ne les revoyaient plus jamais. Les trois compagnons traînaient maintenant leurs corps misérables, affamés et dénutris dans des treillis sales et en haillons.

S'arrêter, s'asseoir, s'allonger, c'était mourir… Il fallait s'accrocher, serrer les dents, si possible, garder le moral, et continuer de manger l'infâme riz sans saveur. Des nausées les prenaient. Le riz les dégoûtait :

- J'en ai marre ; c'est dégueulasse cette bouillie…

- Mangez les gars ! Mangez ! Sinon, bientôt, ce sera notre tour de tomber sur le bord de la piste, leur recommandait Georges.

Un jour, au détour de la piste, un buffle paissait dans l'herbe grasse des talus. Le grand Marcel, silencieux depuis plusieurs jours, retrouva un instant sa grosse voix :

- Quelle aubaine ! Sûr les gars, que je le chevauche ! J'ai chevauché un taureau d'Aubrac le jour de mes quinze ans ! Monter sur ce buffle sera un jeu d'enfant !

- Impossible, entendit-on dans les rangs.

- Il va t'envoyer en l'air !

Marcel s'approcha doucement, flatta le flanc de l'animal, saisit ses cornes et se hissa sur lui par la force des bras en s'aidant de la déclivité d'un talus. Il retrouva un instant sa fougue de jeunesse quand il s'amusait avec ses frères à chevaucher les bovins, vaches, veaux et quelquefois taureaux, qu'ils gardaient. L'ensemble du convoi applaudit cet exploit. Les bo doïs sourirent et laissèrent Marcel profiter de sa monture pendant quelques kilomètres après quoi ils lui intimèrent l'ordre de descendre.

A part cet épisode récréatif qui ne dura qu'un instant dans la brume de cette longue marche funèbre de plus de sept cents kilomètres, les prisonniers se traînaient de plus en plus lentement, les épaules affaissées, le moral au plus bas. Ils maigrissaient, dépérissaient, se demandaient en leur for intérieur s'ils verraient un jour le bout de cette longue déambulation meurtrière le plus souvent sous la pluie.

Thierry est silencieux. Sur ses traits, par-dessus sa barbe et ses cheveux hirsutes, Marcel et Georges voient ses rides se creuser de plus en plus. Les os de son visage saillent. Son regard s'est éteint. Il est pris d'inappétence, se force à manger, mais subitement des nausées incoercibles le submergent. Il vomit… Il porte cependant sa misère avec noblesse et ne se plaint pas. Il reste malgré tout le « marquis » généreux, policé…

- Je n'en verrai jamais la fin, dit-il un jour, découragé. Si je meurs, ce sera tant pis pour moi. J'ai eu tort de fuir ma famille et surtout mon père. Ma sœur et ma mère qui sont les personnes que j'aime le plus au monde, ne s'en remettront jamais. Elles pleureront toutes les larmes de leur corps jusqu'à la fin des temps par ma faute, à cause de cette folie qui m'a prise…. Pour elles, je suis un héros. Ma sœur est pleine d'admiration pour mes muscles, ma virilité, mon uniforme… Si elle se marie un jour, je suis persuadé que ce sera avec un type qui me ressemble sur le plan physique et intellectuel, un gars viril qui n'a peur de rien, qui regarde la vie et l'ennemi en face…

Marcel et Georges tentaient de le consoler, de l'encourager :

- Tu vas t'en tirer. On va bientôt arriver au camp !

- Là, tu pourras te reposer, prendre une bonne douche et dormir dans des draps blancs !

- Et manger un bon poulet rôti à la broche !

- Non, les gars, je n'y crois plus à la « clémence de l'oncle Ho » ! Combien sont déjà morts, abandonnés sur le bord du chemin, comme des bêtes, moins que des bêtes ? Ils se moquent de nous, « l'oncle Ho » et ses commissaires politiques. Ils veulent nous éliminer… Nous marchons vers des camps d'extermination ! Je le sais, je le sens… Ce sera bientôt mon tour. Je ne reverrai plus ni ma sœur, ni ma mère, ni mon pays.

Il sanglota longtemps dans la nuit noire.

Le camp soixante-quinze.

Après quarante-cinq jours ou nuits d'une marche épuisante, le convoi, du moins ce qu'il en reste, arrive enfin au camp soixante-quinze. Ils ont parcouru plus de sept cents kilomètres dans des conditions inhumaines.

Quel fut leur déception ! C'était un ramassis misérable de paillotes en bambou couvertes de feuilles de latanier. Installé sous les frondaisons, à l'abri d'un repérage aérien toujours possible, le camp soixante-quinze était situé au Nord du Tonkin non loin de la frontière avec la Chine et près de la rivière Song Ma. Elle permettait l'approvisionnement en eau du camp. Les prisonniers s'y baignaient pour leur toilette. Les dortoirs étaient ouverts à tous les vents. Les prisonniers dormaient les uns contre les autres sur deux bat-flancs de lattis de bambou séparés par un couloir central.

Au centre du camp s'étend le lieu d'endoctrinement en plein air. Il dispose d'une estrade d'où « professe » le commissaire politique et de bancs rudimentaires où s'entassent ceux qui écoutent la leçon…

L'état sanitaire du camp est déplorable. Des bestioles en tout genre, cafards, moustiques et mouches, sévissent le jour comme la nuit. Les carences alimentaires, mais aussi les maladies parasitaires telles que les dysenteries, le paludisme, l'ascaridiose et les maladies infectieuses, les furonculoses se développent sur des organismes affaiblis sans aucune hygiène ni traitement préventif.

Le jour du quatorze juillet 1954 la mort frappa quatre prisonniers. Ceux-ci avaient été transportés à l'infirmerie dans un état alarmant deux ou trois jours plus tôt. En fait « l'infirmerie » était un mouroir où l'on n'a jamais soigné personne. Il n'y avait aucun médicament, ni pansement, ni désinfectant. Tous les prisonniers savaient que l'entrée à « l'infirmerie » était synonyme de décès dans les jours suivants.

Ces quatre morts sont enterrés dans le cimetière proche de l'infirmerie, par leurs camarades qui, à bout de force, creusent des tombes de moins en moins profondes. Une simple croix en bambou, pour tout décor, est dressée. De brefs honneurs militaires leur sont rendus par les quatre prisonniers présents.

Le soir, le commissaire politique tenta de récupérer la Révolution Française comme étant une étape de la révolution communiste planétaire. Le texte ressemblait à ceux déjà entendu : « Vous êtes des criminels de guerre ! Grâce à la grande clémence du président Ho Chi Minh, comme vous êtes les fils du peuple travailleur de France, vous serez rééduqués ! Quand vous serez libérés, de retour dans vos foyers, vous combattrez au côté de nos camarades du parti communiste français pour la paix au Vietnam. Je vais vous chanter une chanson que j'ai apprise quand j'ai fait mes études à la Sorbonne à Paris : Il était un petit navire…»

C'est l'intox mêlée d'espoir. Ils ont compris l'allusion au petit navire… La seule chose bien faite dans le camp est la propagande insidieuse, progressive, maniant peu la carotte et beaucoup le bâton ! Le reste de l'organisation du camp est élémentaire. La pénurie de tout ce qui est nécessaire à la vie, est organisée et vise l'élimination progressive des prisonniers. Ce but sera presque atteint puisque en quatre mois de captivité, soixante-dix pour cent des prisonniers mourront, c'est-à-dire sept mille sur dix mille. Les accords de Genève n'en auront sauvé que seulement trois mille…

Ce quatorze juillet 1954, ils eurent droit à un sucre gris local, manifestation de la grande clémence de l'oncle Ho !

Thierry ne peut plus manger sa part de riz. Ses camarades se risquent en pleine nuit à faucher des petits piments dans les champs voisins. Ecrasés en petits morceaux, ils amélioreront un peu le riz cuit à l'eau, sans sel. Thierry pourra de nouveau manger un peu.

Tous les matins les plus vaillants se rendent à la rivière pour la toilette dans une eau qui est loin d'être propre. Le spectacle est désolant. Des humanoïdes squelettiques n'ayant plus que la peau sur les os se baignent tout nus. Des paysans gardant trois buffles venus pour boire, se sauvent tellement ils font peur à voir. Marcel rêve de construire un radeau en bambou pour s'évader avec ses amis. Mais, il sait qu'il est trop faible…

Une nuit, Thierry chuchote à l'oreille de Marcel :

- Tu sais à quoi j'ai pensé ?

- Non, dis toujours.

- Si je meurs, j'aimerais que tu prennes mon nom !

- Tu n'es pas bien ! Je ne ferai jamais ça !

Il continua ; sa voix avait l'accent de la prière, celle qui transperce le cœur de l'ami de toujours.

- Ecoute, on se ressemble comme deux gouttes d'eau. Beaucoup nous confondent ! Si je meurs, tu déclareras Marcel Rigal et tu t'appelleras désormais Thierry de Chateaurenard.

- Tu es fou !

- Réfléchis ! Tu seras propriétaire avec ma sœur de deux usines, d'une grande maison bourgeoise à Sainte Geneviève, d'une résidence secondaire à Saint Trop etc. Mon père est très âgé, il voulait me passer la direction des usines avant mon départ…

La voix faible et pathétique du « marquis » émeut Marcel. Des larmes lui viennent. Il se retient pour ne pas pleurer devant lui. Il avait observé les premiers signes de déchéance qui mènent à l'infirmerie c'est-à-dire à la mort : une apathie générale, une absence d'appétit et même une inappétence totale avec nausées, des jambes enflées, une pâleur extrême et des yeux creux. Entendre dire par son meilleur ami : « Je vais mourir » est dur à supporter… Même pour un cœur endurci par les longs combats de la résistance et, par l'entrainement au parachutisme de la coloniale…. Il répondit de sa voix la plus suave :

- Oui, mais ta mère et ta sœur verront bien le sortilège.

- Non ! Après cette captivité, nous sommes vraiment interchangeables ! Je t'en prie, fais-le par amitié pour moi ; tu ne peux pas oublier les moments extraordinaires que nous avons vécus ensemble, les bons à Strasbourg ou à Montauban, les pathétiques lors de la contre-attaque pour libérer le piton Gabrielle !

- Je n'oublierai jamais ces grands moments passés en ta compagnie… Je n'oublierai jamais que tu m'as sauvé la vie plusieurs fois dans ces jours de combats intenses quand nous étions canardés parmi les rochers de Gabrielle ou d'Eliane. Je n'oublierai jamais cette terrible marche derrière toi, dans tes pas ou dans ceux de Georges, attaché l'un à l'autre, le plus souvent dans la nuit noire… sous une pluie battante… dans la jungle du Tonkin…

- J'ai pensé que tu ferais un excellent « Thierry de Chateaurenard. » Fais-le en souvenir de notre amitié indestructible ! Fais-le pour ma mère et ma sœur ! Si je meurs, elles mourront de chagrin. J'ai confiance en toi : notre ressemblance nous rend interchangeables ; tu es inventif et tu sais t'adapter à toutes les situations ! Et, puis je t'ai tellement parlé de ma famille, de mon père, de ma mère et surtout de ma sœur qui est charmante et sublime, de notre maison, de Sainte Geneviève. Tu dois les connaitre aussi bien que moi !

- Elles finiront bien par reconnaître la supercherie… Je ne suis pas capable d'être directeur d'usine ! Tu sais que j'étais un paysan. Je ne connaissais que les vaches, les veaux, les champs, les prés avant d'embrasser cette carrière militaire qui nous a amenés dans cette brousse !

- C'est plus facile que tu crois : La compta, c'est ma mère qui supervise. Les nouveaux produits, nous avons des dessinateurs et nous faisons appel à des ingénieurs indépendants. Ton rôle sera de te balader en costume trois pièces, d'être aimable avec tout le monde, d'apprendre à connaître les gens et de leur dire quelques mots gentils. Après tu t'isoleras dans ton bureau de directeur où tu auras quelques problèmes pratiques à solutionner. Tu pourras, si tu le veux, aller voir de nouveaux clients de façon à leur placer ta production !

- Tu n'es pas mort… Je suis sûr que tu vas t'en tirer. C'est une faiblesse passagère ; je t'ai connu plus vigoureux !

- Non, je suis cuit ; je reste couché ; je suis une loque ; je me traine, lamentable comme un moribond. Ceux qui se sont couchés sont morts après une agonie de quelques jours… J'en suis conscient. Bientôt je ne le serai plus suffisamment, c'est pourquoi, je t'en parle dès maintenant… Je t'en prie, fais ça pour moi, c'est-à-dire pour ma mère et ma sœur ! Je t'assure que tu auras une vie de nabab… et ma mère sera heureuse de retrouver son fils !

- Bon, je vais réfléchir… Si tu mourais, ta proposition serait tentante pour un gars comme moi qui a besoin d'aventures, de sentir l'adrénaline inonder ses veines en permanence. Je ne me vois pas rentrer dans mon village et reprendre ma vie de paysan ou de berger dans un buron sur l'Aubrac, seul pendant cinq mois avec pour tout compagnon un chien. D'ailleurs en aurais-je la force et le courage ? Je ne le crois pas ! Si je me remets de cette captivité, je ne serai plus bon à rien…

Ils s'endormirent comme deux frères. Le petit jour les réveilla. Ils se regardèrent d'un autre œil. Quelque chose d'impalpable avait changé. Marcel Rigal se demandait comment pouvait-il devenir aussi facilement « Thierry de Chateaurenard. » Cette supercherie lui plaisait. Il n'avait plus peur de prendre la peau, le vernis de son camarade, bien au contraire cette aventure le tentait, le stimulait. Il se voyait déjà jouant « au marquis, » homme élégant et riche aux allures polies, galantes et décontractées… Un pétillement d'allégresse inondait son esprit.

Quant à Thierry, il sentit la chaleur du regard de Marcel. Il eut d'emblée la conviction qu'il acceptait. Pourtant, aucune parole ne fut prononcée. Plus que deux camarades, plus que deux frères, ils se considéraient déjà comme l'un étant l'autre et vice versa.

La nuit suivante, tandis que les autres dormaient sur leur grabat commun, Thierry chuchota à l'oreille de Marcel avec un tel accent de prière que celui-ci sentit au fond de son âme, l'impossibilité totale de s'y dérober :

- Désormais tu es mon alter ego, autrement dit : un autre moi ! Il faut que je te parle en détail de ton futur univers familial. Tu m'écoutes ?

- Oui, fit Marcel à voix basse.

Dans le ton de cette courte réponse figurait tout l'intérêt de Marcel pour sa future existence. Pour le persuader et amener un engagement irrévocable, Thierry insista sur les avantages de sa condition. Il savait que Marcel n'avait jamais possédé d'automobile et que son rêve était d'en avoir une :

- Ma mère, dans l'espoir de me retenir, m'avait offert une Buick cabriolet. Elle sera à toi. Elle t'attend dans le garage à côté de la traction quinze de mon père.

- Tu veux dire le grand paquebot que j'ai vu dans « l'auto-journal » avant de partir ?

- Oui !

- Incroyable ! De quelle couleur ?

- Bleu, entre le bleu-clair et le bleu-marine !

- Ouah ! J'accepte sans réserve. Tu vas tout m'expliquer avec le plus de détails possibles pour que je puisse devenir un « Thierry de Châteaurenard » crédible !

- D'abord mon père : Charles de Chateaurenard. C'est un capitaine d'industrie qui en a « jeté » dans sa jeunesse ! Maintenant, il est vieux. Il a soixante-seize ans. Son obésité le gêne. Il est usé de partout : deux infarctus, du diabète etc. C'est ma mère qui assure en fait la direction des affaires en attendant que « ma crise de jeunesse » se passe. C'est une femme élégante de soixante ans, toujours en tailleur, bien habillée, pomponnée, teinte et reteinte en blonde afin de masquer ses cheveux blancs. Elle se pique d'être toujours à la mode. Elle est sympa, dynamique et m'aime beaucoup. Je l'appelle « M'man » ! Son prénom, c'est Louise. Tandis que mon père m'a classé dans la catégorie des bons à rien de façon irrémédiable, elle croit toujours en moi. Elle pense que quand j'aurai mûri, je ferai un excellent directeur d'usine et que l'avenir des Chateaurenard est assuré ! La plus perspicace est ma sœur : Daphnée. Vingt-quatre ans, étudiante en médecine, très douée pour les études, déjà en quatrième année. Elle révise à fond l'internat des hôpitaux de Paris et je suis sûr qu'elle sera reçue ! Tu ne la verras pas souvent car elle a sa vie à Paris et consacre beaucoup de temps et d'énergie à ses études. Quand elle viendra à Sainte Geneviève dans la maison familiale, il faudra que tu t'en occupes : Balade en vélo, tennis, tour de voiture, ping-pong etc. Nous avons des atomes crochus. Surtout, il faudra que tu l'écoutes avec intérêt ! C'est une bavarde qui te racontera ses études, l'hôpital, ses petites fredaines ou ses amours qui toujours se terminent mal, à moins qu'elle se soit trouvé un fiancé d'ici « notre » retour.

- Je ne connais rien de votre passé !

- Tu en sais déjà assez avec ce que je viens de te dire. Et d'ailleurs aucune importance ! Nous sommes une famille tournée vers l'avenir. En cas de trop grande ignorance de l'histoire des Chateaurenard, tu pourras toujours dire que la captivité a altéré ta mémoire.

Marcel douta. C'était une histoire difficile à tenir à long terme, lui semblait-il. Il fit une moue que Thierry ne vit pas dans la pénombre. Bof ! Il passerait outre ! Il s'endormit avec au cœur les hésitations d'une âme droite. Ce subterfuge gênait sa conscience.

- Tu dors ? fit Thierry devant l'absence de réponse.

Il entendit un petit ronflement et se rendormit aussi quelques instants plus tard.

La corvée de riz.

Le lendemain Marcel et Georges furent désignés pour la corvée de ravitaillement. C'était assez loin du camp et pénible. La charge était conséquente pour des organismes affaiblis. Au retour, Georges réussit à subtiliser trois patates douces avec la complicité de son compagnon. Il les cacha dans les poches de son pantalon. Le bo doï d'escorte l'avait vu. Il ne dit rien sur le champ. Mais, de retour au camp, il le dénonça au responsable de l'intendance. Les trois patates douces furent reprises. Une sévère réprimande lui fut adressée.

Le lendemain au grand rassemblement, le commissaire monte sur son estrade entouré de quelques sbires, kalachnikov en mains. Il a l'air supérieur de celui qui sait… Il est omnipotent comme un despote… Marcel lui décèle un petit sourire pervers au coin des lèvres. Il se lance dans le grand discours habituel. Celui qui est répété inlassablement par les partis frères de tous les pays où les mots capitalisme, impérialisme, gouvernement fantoche, peuples exploités etc. reviennent à intervalles réguliers. Les prisonniers assis sur des bancs de fortune paraissent écouter, les épaules avachies, les bras tombant, le teint hâve, les traits de leurs visages émaciés et creusés comme des moribonds. La plupart ne pensent plus, ou pensent : « On connait la chanson. » Marcel revoit la ferme parentale de Mels et le portrait de Staline au-dessus de la cheminée. Le journal « La Terre » est posé sur la maie. Il se dit : « Comment ai-je pu croire de tels inepties ? Comment se fait-il que cette propagande politique puisse arriver au fin fond de la brousse du Tonkin comme sur le plateau éloigné et perdu de la Viadène ? Comment ai-je pu adhérer à une dialectique apparemment généreuse et libératrice alors qu'elle n'est élaborée que pour cacher l'injustice, la cruauté et l'horreur. » La saveur de ce mensonge planétaire lui est particulièrement amère, à lui plus qu'aux autres, parce qu'il a été longtemps le chantre de cette « dialectique » en répétant — il s'en souvient encore -- les arguments « officiels » pour justifier l'alliance Staline-Hitler par le traité de non-agression germano-soviétique de 1939. Il savait maintenant que les soi-disant libérateurs étaient des monstres et des pervers, capables d'éliminer de façon consciente et programmée des milliers d'hommes par la faim, la maladie, et l'absence d'hygiène. Le colossal engrenage écrasait les hommes comme il anéantissait les prisonniers avec la méticulosité noire des bourreaux. La bête immonde s'impatientait de tous les dévorer…

Après sa leçon, le commissaire politique passe à l'ordre du jour. Dans son attitude et son sourire narquois, la perfidie et la haine suintent par tous les pores de sa peau. Il appelle Georges. Celui-ci se lève, tremblant, hagard, et monte sur l'estrade comme s'il montait sur l'échafaud. Il doit faire son « autocritique » devant l'ensemble des prisonniers pour un « crime commis contre le peuple » la veille. George s'accuse du mieux qu'il peut… Sa gorge se noue. Un sanglot dans sa voix rend difficile son autoaccusation. La saveur de l'injustice est amère… Il bredouille comme il peut « son crime. » Le commissaire politique ne se départit pas de son sourire pervers. Il a une proie… Il la tient. Il pourrait la dévorer tout de suite ! Quelle jouissance pour ce petit Staline en herbe de la brousse du Tonkin ! Un long silence plane sur l'assemblée. Les prisonniers hagards, affamés, abreuvés d'infâmes contrevérités s'attendent au pire… Le commissaire politique laisse monter l'anxiété. Dressé, la tête droite, son regard étincelle de volonté criminelle. Quelle sera la sanction ? Il s'empresse alors de faire un long laïus sur l'amoralité de voler le peuple des paysans, à l'issue duquel il ne prononce pas de sanction et laisse Georges avec sa peur d'être fusillé le lendemain au petit jour… pour l'exemple !

Aucune sanction ne sera prononcée. Ce doit être un effet de la clémence de l'oncle « Ho » !

La mort de Thierry.

L'état de santé de Thierry de Chateaurenard s'aggrave malgré l'aide et les soins que lui apportent ses camarades. Un matin, Marcel et Georges le découvrent comateux. Ils le stimulent, essaient de le réveiller, l'assoient, le forcent à boire un peu d'eau de riz. Le malade reste amorphe. Ils décident alors d'aller chercher une civière de bambou. Quand Thierry se sent soulever, il a la force de prononcer :

- Non ! Pas l'infirmerie, je veux mourir au milieu de mes camarades de galère.

Marcel accepte. Thierry de Chateaurenard agonise parmi ses amis qui le veillent la mort dans l'âme. Il mourra dans la nuit du vingt juillet 1954. Il sera enterré par ses camarades sous le nom de Marcel Rigal. Ceux-ci lui confectionnèrent une croix de bambou, firent une minute de silence au garde à vous et chantèrent la Marseillaise devant son corps sans linceul et sans cercueil avant de jeter sur lui, les pelletées de terre de l'oubli.

Désormais Marcel Rigal s'appelait aux yeux du monde entier : « Thierry de Châteaurenard. » Il possédait par la grâce d'une amitié indéfectible une voiture américaine à son nom, était presque le directeur de deux usines. Il sentait son cœur battre d'impatience de découvrir cette nouvelle vie.

- Il faut que je tienne le coup... Raison de plus pour ne pas mourir comme la plupart de mes camarades, se disait-il.

Jusqu'à maintenant, il subissait ses malheurs avec mollesse, désabusé et fataliste, en se disant qu'il serait libéré un jour. Il avait compris que la « clémence de l'oncle Ho » signifiait l'élimination progressive et programmée de tous les prisonniers par le découragement, la malnutrition, le manque de soin vis-à-vis des maladies infectieuses et parasitaires. Il comprenait à merveille le jargon communiste d'autant plus que lui-même avait été un sympathisant ou quelque chose d'analogue à l'époque de la résistance. Il savait « qu'ils » faisaient manifester l'ennemi pour la paix tandis « qu'ils » fourbissaient leurs armes en secret, que clémence dans leur jargon signifiait cruauté, que paradis signifiait enfer.

La vie du camp suit son cours implacable avec la mort quotidienne et irrévocable des plus faibles. Les prisonniers-fossoyeurs sont de plus en plus amaigris et épuisés. Les tombes sont creusées de moins en moins profondes. « L'intox politique » semble s'accélérer et Thierry-Marcel y décèle un bon augure. Des négociations ne serait-elle pas en cours ? Aucune information ne filtre dans le camp soixante-quinze... Impossible de le savoir !

L'ensemble des captifs ainsi que les villageois des alentours sont conviés à une séance de cinéma. Un opérateur européen installe l'écran en plein air. Etrange ! Qui était-ce ? Les prisonniers étonnés n'en sauront pas plus. Le film est de la propagande où on montre une armée russe fraternelle avec les peuples libérés et une armée américaine odieuse et commettant des méfaits. Pour ceux qui n'auraient pas compris, le commissaire politique reprend point par point et en détails les différents épisodes du film. Il manquait les « bonbons, esquimaux, chocolats ! » Les prisonniers étaient déçus mais, connaissant « la grande clémence de l'oncle Ho, » ils savaient qu'il n'y en aurait pas !

Quant au commissaire politique, il attend toujours le moindre applaudissement !

Le rêve de Marcel Rigal devenu Thierry de Chateaurenard.

Malgré l'émotion intense de Marcel Rigal d'être devenu le richissime Thierry de Chateaurenard, celui-là sent de jour en jour ses forces s'amoindrir. Il porte de plus en plus mal son treillis en guenilles. Chaque soir, avant de s'endormir, il rêve à sa nouvelle vie, à ce nouveau village, Sainte Geneviève dans l'Oise qu'il assimile au Sainte Geneviève sur Argence de son enfance. Il imagine cette grande maison bourgeoise avec ses vastes dépendances, son potager et sa promenade d'agrément sous les frondaisons du petit bois. Il s'y voit, lui, le paysan, le para de la coloniale, donner le bras à cette (nouvelle) mère moderne, habillée à la dernière mode, maquillée et blonde comme une actrice américaine ou bavardant avec Daphnée, « sa sœur. » Quel contraste avec sa propre mère aux cheveux gris décoiffés et à la blouse de paysanne ! Quelle opposition avec ses deux sœurs, leurs habits usés et leurs bottes de caoutchouc toutes crottées ! Il est impatient de connaître cette nouvelle vie d'homme libre et riche qui pourra fumer des cigarettes américaines dispendieuses et boire du whisky chaque soir, s'il en a envie. Il sourit dans la nuit, étendu sur son grabat de lattis de bambou au milieu de ses camarades qui ronflent ou qui râlent. Oui, il a envie de connaître cette vie-là et pour ça il faut tenir le coup jusqu'au bout de ce long tunnel noir d'où jaillira la lumière de la liberté si… Pourtant les derniers jours l'hécatombe continue, s'amplifie : trois à cinq morts quotidiens ! Marcel-Thierry a peur d'être un matin un des leurs. Il craint de ne jamais connaître sa nouvelle vie d'homme libre et riche. Il serre les dents, se cramponne ; il repense aux dernières paroles de Thierry, à toutes ses recommandations. Il puise dans l'espoir de cette vie nouvelle et idyllique, la force de survivre. C'est en rêvant chaque soir à son beau cabriolet bleu, paupières fermées dans la nuit, qu'il s'imagine sur la nationale sept, roulant aux côtés de « sa sœur », magique de beauté et de gaîté, vers leur villa de Saint Tropez où les flots bleus de la mer Méditerranée l'attendent pour le régénérer.

Ces pensées lui redonnent de l'espoir et du courage à tel point que le riz sans sel lui paraît moins fade et les patates douces plus sucrées.

Il n'oubliait pas son alter ego, enterré sous deux pieds de terre dans le cimetière du camp à l'ombre de cette croix de bambou sur laquelle était inscrit : Marcel Rigal. On le mobilisait souvent avec Georges comme fossoyeur-croque-mort pour enterrer les camarades qui succombaient d'épuisement. Il s'arrêtait alors devant la tombe de « Marcel Rigal » avec un pincement au cœur. C'était étrange de voir son nom inscrit sur une tombe… Il se souvint, blotti tout au fond de sa mémoire, du « Notre Père » du catéchisme. A chaque corvée de « cimetière, » il le récitait devant cette croix comme s'il avait retrouvé la foi en ce père protecteur…

Il se perdait de plus en plus dans ses rêves de prospérité et songeait même, quand il aurait retrouvé la santé, à fonder une famille où une multitude de petites et de petits Chateaurenard gazouilleraient dans la propriété familiale comme les oiseaux au-dessus de lui dans les arbres de la brousse. Son rêve lui permettait de survivre… Quand un camarade lui adressait la parole, il mettait un certain temps pour émerger dans l'abominable réalité, répondait et s'acquittait de la demande pour retomber dans ses douces rêveries flottantes. A tel point que Georges s'alarma :

- Réveille-toi ! Je t'en prie ! La quille approche ! Ce n'est plus le moment de flancher !

- Ne t'inquiète pas, ça va… Je passerai le cap !

- On dirait que tu es ailleurs !

En effet, il était ailleurs. Il planait au-dessus des nuages dans son joli songe. Il ne répondait plus que par monosyllabes ; et repartait dans sa rêverie dont il tirait des jouissances inconnues. Il se voyait dans un costume de drap sur mesure de la même couleur que son cabriolet, chemise blanche et cravate de soie. Dans la triste réalité du camp, il ne croisait que des cadavres ambulants et décharnés, aux yeux caves, aux pommettes saillantes, dans des treillis sales, maculés de boue ou même de matières fécales, troués, qui pendouillaient de tous côtés parce qu'ils étaient devenus bien trop grands.

Un soir, à la « réunion », le commissaire politique était très en colère. Il tonne :

- Les prisonniers-criminels de guerre - fallait-il le rappeler ? — ont amené des myriades de mouches dans le camp et dans toute la contrée ! C'est votre faute ! En conséquence, chacun d'entre vous devra tuer dix mouches par jour !

Ce ton agressif stresse les auditeurs. Ils sursautent, sont sur le qui-vive. Ils craignent le pire ! Thierry-Marcel reste paupières baissées. Il n'entend pas, tant il est absorbé par son avenir de cocagne. Assis sur le banc, les épaules avachies, il sourit aux anges…

Le commissaire s'adresse à lui en le montrant du doigt :

- Vous souriez ! Les mouches, ça vous plait !

- Non, je m'y suis fait ! A-t-il le courage de répliquer avec une nonchalance détachée qui énerve encore plus le tortionnaire.

La cruauté des geôliers ne l'atteignait plus… Ils voulaient leurs peaux. L'évidence était là malgré toute leur phraséologie. Leur clémence n'était que cruautés répétées au long des jours. Les mouches qu'ils reprochaient aux prisonniers, n'étaient que la conséquence du manque d'hygiène organisée, du manque de savon, de lessive, de désinfectant sans parler d'insecticide !

La libération.

Enfin le jour tant espéré arrive ! Leur libération est proche. Les prisonniers de plusieurs camps sont regroupés dans la cour de l'ancien séminaire de Than-Hoa. Ils assistent à la dernière séance de « bonne parole ». Le ton a changé. Le commissaire politique est tout sourire. Il passe parmi les prisonniers et les invite à signer un manifeste où la phraséologie mensongère habituelle se développe sur une belle page. La plupart des prisonniers signent les yeux fermés. Ce n'est plus le moment de se mettre à dos leurs terribles geôliers. La peur ne les quittera pas jusqu'au bout du tunnel ! Le grand Marcel, le facétieux, le gueulard n'est plus qu'un doux rêveur en attendant d'être consacré aux yeux des siens comme un vrai Thierry de Chateaurenard, plus vrai que nature. Peu lui importe la nature des mensonges ; il ne lit même pas : il signe ! Derrière lui, deux légionnaires à l'accent tudesque refusent fièrement. Le commissaire politique encaisse sans se départir de son sourire séducteur. C'est maintenant à Georges de signer. Admirant le courage de ses prédécesseurs, il refuse ! Cette fois, c'en est trop. Le commissaire blanchit ; son sourire s'efface. Il va consulter le registre où sont consignés des renseignements sur chaque prisonnier. Il regarde Georges plusieurs fois, prend conseil de ses collègues dans la langue locale. Georges regrette déjà de ne pas avoir signé les yeux fermés ; il sent une angoisse sourde monter en lui… S'il était le seul à être retenu ! Si on le faisait disparaître comme bien d'autres ? Puis le commissaire revient parmi eux et continue la récolte des signatures.

Georges s'endort au côté de « Thierry »… pas très rassuré !

Pourtant le lendemain, ô ! Divine surprise des camions russes Molotova sont alignés dans la cour. Le soleil brille dans le ciel, resplendissant sur la brousse et sur les têtes aux fronts courbés. Les plus valides sont invités à prendre place dans ces véhicules tandis que les malades seront transportés par voie fluviale, allongés sur des radeaux. On les transportera à Sam-Son à cinq kilomètres de Thanh Hoa. Cinq kilomètres de transport motorisé sur sept cent représentent la portion de clémence par rapport à celle de la cruauté… Cinq sur sept cents ! Trois mille survivants sur dix mille… Sept mille morts en quatre mois !

Conclusion ?

Les prisonniers arrivent en camions à Sam-Son. Quelle surprise les attendait ! Les villageois et des soldats Vietminh désarmés, rassemblés pour les accueillir, les applaudissent ! « Thierry » murmure à l'oreille de Georges :

- C'est vrai que nous sommes des héros. Avoir résisté à toutes ces épreuves est un exploit surhumain ! Beaucoup d'autres sont morts en chemin ! Mais, ça valait la peine d'arriver jusqu'ici pour être applaudis par nos tortionnaires !

- Coup de pipeau sur un air de violon, répond Georges, le sourire en coin sous son immense barbe…

Comme tous, il ne s'est pas rasé depuis quatre mois !

Ce ne sera pas le dernier étonnement. Les prisonniers sont invités à changer de tenue. Ils abandonnent sur le champ leurs treillis démodés, et surtout très sales, pour adopter et endosser la tenue Vietminh toute neuve mise à leur disposition, et, très à la mode locale… Elle se compose de : Chemise, pantalon, ceinture, chapeau, tennis (de fabrication chinoise), sac à dos en toile, serviette de toilette, bol ! Il y a même une moustiquaire ! Leurs cheveux sont coupés, la barbe aussi ; ils deviennent un peu plus présentables, presque moins décharnés dans cette tenue…

A San-Son, un des lieux de libération, non loin de la mer, un campement a été monté pour l'occasion. C'est un véritable décor de cinéma… De grandes cagnas en bambou avec des bat-flancs et des moustiquaires, sont disposées le long d'une artère principale. De longues tables sous un toit de feuillage sont alignées dans l'une d'elle. Un véritable buffet campagnard avec cuvettes de riz, viandes, liserons d'eau, patates douces, les attend. Ils peuvent déguster à satiété. Il existe un peu plus loin une infirmerie surmontée d'un drapeau blanc orné de la croix rouge. Les prisonniers sont invités à se faire soigner leurs blessures, leurs furoncles ou leurs plaies purulentes par de jeunes infirmières en blouse blanche et coiffe à croix rouge. Elles leur paraissent si belles qu'ils croient voir enfin des anges !

La propagande communiste filme largement des prisonniers propres, rasés et coiffés qui se régalent de viandes et patates douces ! Il faut pouvoir mentir aux générations futures avec preuves à l'appui !

Le lendemain, la descente vers la mer toute proche est une joyeuse débandade. La marine française les attend dans le golfe du Tonkin. A son faîte, flotte fièrement le drapeau bleu, blanc, rouge, symbole universel de la liberté, et aussi témoin de leur liberté individuelle retrouvée ! Des embarcations légères emmènent en plusieurs voyages la totalité des prisonniers. Beaucoup sont transportés sur des civières à bout de force. « Thierry » et Georges sont parmi les valides qui paradent sur le pont du navire. Quand celui-ci s'éloigne du rivage de l'enfer, ils jettent leurs casques Vietminh à l'eau en criant vers le ciel un immense hourrah ! Puis, un « vive la liberté » tonitruant, suivi de « vive la France » qui seront entendus par leurs tortionnaires médusés !

Le retour.

Nous sommes fin août 1954. Pour mémoire, les accords de Genève ont été signés le vingt-et-un juillet 1954. Le Vietminh vainqueur n'a pas été pressé de les libérer ! Ils débarquent le lendemain matin à Haïphong. Des ambulances de l'armée française les transportent vers l'hôpital militaire de ce port. Le drapeau français flotte à l'entrée de l'hôpital. La France désormais les protège. Ils sont rassurés et sur leurs lèvres s'esquisse un sourire de satisfaction. Un café au lait avec un croissant et deux biscottes avec de la confiture les attendent. Georges a les yeux qui pétillent et « Thierry » lui renvoie un éclair de bonheur ! Un vrai régal ! C'est vrai, ils sont libérés. Ils s'en sont tirés ! Ils ont l'impression de se réveiller d'un immense cauchemar. Ils regardent autour d'eux, étonnés de leur bonheur : ils sont bien dans l'hôpital militaire français de Haïphong ! Maintenant il faut se refaire une santé. Ce sera long. Les rescapés ont l'impression d'être des miraculés. Rien n'est encore complètement gagné car on déplore dans les jours qui suivent quelques décès supplémentaires par maladies parasitaires ou cachexie insurmontable…

Le lendemain, des « libérés » attendent dans la cour de l'hôpital d'être examinés par des médecins militaires. « Thierry » et Georges sont assis à l'ombre des bâtiments. Il fait très chaud. Des bouteilles d'eau fraîche leur sont apportées. On leur recommande de boire abondamment. Ce doit être dimanche car des familles européennes et vietnamiennes sortent de l'église toute proche. Quand elles voient l'état des « ex-prisonniers », leur maigreur, leurs traits saillants, leurs épaules avachies, les regards scandalisés se détournent par pudeur et par pitié. Elles se dépêchent de s'enfuir, terrorisées par ces figures de morts-vivants.

Pendant environ un mois, ils sont soignés de leurs maladies parasitaires, essentiellement le paludisme et l'amibiase intestinale. Ils reprennent du poids et les médecins les invitent à bouger et à faire du sport, de façon modérée, pour récupérer leur musculature qui a fondu presque totalement en quatre mois. Ils se rendent chaque après-midi à la salle de sport et sont étonnés de leurs faibles performances.

Vers la fin de septembre, Thierry et Georges sont déclarés libérables. Un bateau de la marine nationale « le Pasteur » les ramène vers Marseille.

TROISIEME PARTIE : LIBERES !

L'arrivée à Marseille.

Après vingt jours de traversée avec escale à Saïgon, nos deux héros rescapés débarquent un matin à Marseille. Ils ont tous les deux une tenue militaire flambant neuve. « Thierry » a été réformé. Pour lui l'armée, c'est fini ! Il vit son rêve d'un avenir radieux. Pour l'armée, pour la France, il est désormais « Thierry de Chateaurenard. » C'est marqué sur ses papiers ! Reste à affronter sa famille, et, les autres, c'est-à-dire les proches, les amis, le personnel de maison, le personnel de l'usine… Il ne veut pas s'avouer qu'il a peur ; malgré tout il a le trac ! Une promesse solennelle et sincère, sorte de serment, le lie à tout jamais à son ami défunt, le vrai Thierry de Chateaurenard. On ne trahit pas un ami mort dans la souffrance et l'abandon. Il est obligé d'être un « Thierry de Chateaurenard » plus vrai que nature ! Sera-t-il crédible aux yeux de ce père, de cette mère et surtout de cette sœur ? Il est prêt à se battre pour remplir son contrat qui le lie à tout jamais…

Le « Pasteur » a accosté au quai dans la nuit. Les passerelles sont hissées. Dernière vérification des papiers. Tout est en ordre. « Thierry » et Georges s'approchent du bastingage. La brume du matin filtre les doux rayons du soleil de ce début d'octobre. Il fait frais. Finie la torpeur chaude et humide des tropiques ! Ils reconnaissent d'emblée la douceur de leur mère patrie et cette fraîcheur vivifiante qui vous donne envie de vivre et de courir… en liberté ! Du haut du bateau, ils dominent le port hérissé de ses grues. On charge et on décharge des camions dans un bruit d'enfer. Des voitures s'élèvent dans le ciel pour atterrir dans les cales d'un cargo. Des hommes s'affairent de toutes parts.

La ville s'étend au loin avec ses rues et ses faubourgs. L'impatience et la joie se bousculent dans leur cœur. Ils le sentent vibrer, battre la chamade au fond de leur maigre poitrine. Que feront-ils le premier jour de cette ère nouvelle ? Comment passeront-ils leur matinée juste après leur débarquement ? Ils se sont posé cette question cent fois ; mille fois, ils en ont changé le scénario ! Ils ont tout prévu : D'abord l'odeur d'un café, le goût de l'expresso ! Ensuite, s'asseoir en terrasse, prendre son temps, regarder les jambes des femmes qui courent et s'activent sur les boulevards ; et flâner sur le vieux port, regarder les nouveautés dans les vitrines de la Canebière… Rêver sur les quais d'avenir fabuleux et tranquille… Les filles, les femmes sont-elles encore belles ? Comment s'habillent-elles ? Comment a évolué la mode ? Ils savent qu'ils sont encore trop moches pour entreprendre une quelconque conquête. Leur maigreur de réchappés des camps de la mort est trop apparente. Il leur plait de rêver que cette jeune femme élancée, aux jambes fines, qui court le long du quai, ou une autre analogue tout aussi mignonne, sera bientôt leur femme ! Après cette matinée passée ensemble à flâner, ils se quitteront en jurant de se revoir. Georges ira prendre le train à la gare Saint Charles tandis que « Thierry » attendra le lendemain pour partir…

Ils descendent la passerelle pas à pas, en ordre, sans se bousculer malgré leur nombre et l'impatience qu'ils ont de marcher sur le sol de France, malgré ce bouillonnement de leur sang dans leurs veines, malgré cette émotion qui leur étreint le cœur, qui leur serre la poitrine. Une foule semble les attendre derrière les barrières du quai. Quelques militaires en faction essaient de les contenir.

Ils posent le premier pied sur le sol de France, puis le second sur cette mère patrie qu'ils ont bien failli de ne plus revoir. Ils s'agenouillent pour embrasser cette terre promise. Soudain, un brouhaha s'élève de la foule rassemblée. Il se précise. Les oreilles des ex-prisonniers se dressent, étonnées. Ils ne veulent pas le croire : On les hue !

- Ouh ! Ouh ! Braille la foule.

Des poings s'élèvent exprimant la haine :

- A bas le colonialisme !

Nos héros se relèvent. Dans un premier temps ils sont étonnés et surpris qu'on les conspue. Une sourde colère monte en eux. Ils ont envie de crier « nous n'avons fait que notre devoir ! Nous ne sommes rien d'autre que des victimes d'une barbarie dont vous êtes les complices ! » Ils ont envie de leur casser la gueule. Ils sont trop faibles et la police militaire est là qui les remettrait au gnouf. Ce n'est pas le moment de gâcher cette belle journée…

Une banderole est dépliée. Elle déclare :

- Vive la paix en Indochine…

C’est alors qu’une nuée de pierres s’abat sur les rapatriés !

- Les vaches, ils nous canardent ! Dit Georges.

- Redressons la tête. Nous n’avons pas eu peur des balles vietminh, les pierres de sa filiale française ne nous atteindront pas !

Ils en ont gros sur la patate, des larmes perlent à leurs paupières. Il n’y a pas d’autre issue que d’aller de l’avant… Ils allongent le pas et se dispersent dans la foule. Les cris, les vociférations continuent derrière eux diminuant d’intensité au fur et à mesure qu’ils s’éloignent.

- J’ai l’impression que nos tortionnaires nous poursuivent jusqu’ici… Je n’ai pas fini de faire des cauchemars !

Ils hèlent un taxi qui les emmène sur la Canebière. Ils sont déçus de l’accueil qui leur a été réservé… Une seule chose compte ! Ils sont vivants et libres !

- Calmons-nous. Nous en avons vu d’autres ! Ne changeons rien à notre programme !

- Dès que je t’aurai quitté, je cours m’acheter un costume civil ! J’ai l’impression que cette ville est moins sûre que Haï Phong !

- Un beau costume trois pièces avec chemise blanche et cravate en soie ? « Monsieur le marquis de Chateaurenard » entre en fonction !

- Non, je vais d’abord passer par une tenue décontractée, jeans et tee-shirt. J’irai embrasser ma vraie mère en secret à Mels, qu’elle sache au moins que je suis vivant !

- Tu n’es pas pressé d’aller voir le berceau de ta nouvelle vie ?

- Oui, peut-être as-tu raison, je prendrai d’abord le train pour aller voir la scène de mon théâtre… Serais-je capable de jouer mon personnage ?

- Tu seras mieux que le vrai ! J’en suis certain !

- Je t’avoue que j’ai des doutes, le trac. Dans ce cas, je n’ai plus qu’à y aller. C’est comme passer à l’attaque du piton Gabrielle ! J’y vais, c’est tout !

Ils flânèrent sur le vieux port, regardèrent les étals de poissons avec envie, puis choisirent une terrasse : Le café de la Paix !

- C'est pour nous !

- Désormais, nous vivrons en paix !

Ils dégustèrent deux croissants au beurre avec leur café.

- Un régal. Cette France m'a manqué ! Celle de la douceur de vivre !

- Quand on y vit, on ne sait pas apprécier ce bonheur, la liberté, la prospérité… que d'autres ne sont pas prêts de connaître…

- Bon, à part le comité d'accueil, tout va bien, je t'accompagnerai à la gare.

- Pas la peine, c'est à deux pas ! Va vite t'acheter tes jeans !

Ils s'étreignirent et se séparèrent. Ces compagnons d'arme et de captivité jurèrent de se revoir…

Le nouveau Thierry de Chateaurenard.

Il remonta la Canebière en léchant les vitrines. Son regard s'attardait sur les boutiques de mode féminine. Les commerçants exposaient déjà des manteaux, des tailleurs et des chapeaux d'hiver. Les couleurs l'attiraient. Il s'opérait en lui un choc terrible entre le dénuement total de l'homme dans la jungle, privé de tout, de nourriture, de toit, de vêtement et surtout de liberté, dépendant de tortionnaires sectaires et cruels, et, cette avenue d'abondance, de douceur et de richesses… Il arriva aux stocks américains. L'ex-paysan d'Auvergne fut saisi par la modernité des vêtements exposés. Il se dit :

- Voilà ce qu'il me faut ! Il sera toujours temps de passer au costume trois pièces…

Il entra et s'acheta des jeans Levi's cinquante-et-un, une chemise américaine ainsi qu'un sac de voyage. Il remisa ses habits militaires dans ce sac et jeta son baluchon kaki dans une poubelle. Il se sentit soudainement mieux malgré l'image désolante que lui avait renvoyée le miroir dans la cabine d'essayage.

- Je suis maigre et moche. Mes traits restent saillants. Ma peau est tannée par le soleil et les intempéries. Des rides se pointent autour de mes yeux et de mes lèvres ! J'ai l'air d'une vieille momie pharaonique ou d'une grande asperge ridée ! Même ma mère ne reconnaîtrait pas son fils ! J'ai vieilli de dix ans ! Voilà, mais le positif, c'est que l'armée, les paras, pour moi, c'est fini ! Je n'ai plus qu'à bien manger pour récupérer tous ces kilos perdus…

Il flâna en regardant les femmes. Laquelle lui plairait ? Laquelle choisirait-il dans toute cette foule bigarrée et pressée ? Cette petite brune aux formes très méditerranéennes lui plaisait bien ! Elle lui rappelait les jeunes filles de son Rouergue natal, cette Clara dite « la belle cavalière » que tous les garçons du canton enviaient… dont le funeste destin a défrayé longtemps la chronique du département de l'Aveyron… Ou plutôt cette grande blonde, perchée sur ses talons, plus exotique et à la mode hollywoodienne. Il passa devant le cinéma « les variétés. » On y projetait « Le crime était presque parfait » d'Alfred Hitchcock.

- Non, se dit-il, j'en ai assez vu des crimes parfaits ! J'ai enterrées assez de victimes sans qu'aucun criminel ne soit jamais puni !

Une petite salle affichait « Sabrina », film américain avec Humphrey Bogart et Audrey Hepburn, une autre un peu plus loin « Johnny Guitare », une autre encore « la comtesse aux pieds nus » avec Ava Gartner.

- J'ai l'embarras du choix. Je reviendrai à quatorze heures…

Il redescendit La Canebière pour manger sur le vieux port. Le menu du Café de la Paix lui plaisait bien. Il allait se payer un diner de nabab tout en regardant les voiliers agiter leur mature…

- On m'a recommandé de ne pas trop manger ! se dit-il.

Il s'assit de nouveau à la terrasse. Le garçon se précipita avec les cartes.

- Je dégusterai bien une bouillabaisse.

- C'est un plat que nous servons pour deux personnes.

Le regard du garçon s'attardait sur cet échalas maigre, à la physionomie étrange, aux joues creuses et à la pomme d'Adam saillante et mobile.

- Oui, c'est ça, servez-moi une bouillabaisse pour deux personnes et une part de frites, le tout arrosé d'un bock de bière ! S'il vous plait, monsieur, ajouta-t-il.

Thierry de Chateaurenard avait l'habitude d'ajouter de longues formules de politesse à ses demandes. Il parlait posément avec un accent parisien très léger. Ses copains paras, lui-même Marcel, l'écoutaient toujours avec le sourire. Cette façon de converser lui avait valu le sobriquet de « Monsieur le Marquis ! » Ce qu'il prenait avec un humour non dépourvu de panache !

Le garçon, étonné qu'un personnage aussi maigre puisse manger autant, acquiesça et tourna les talons, toujours aussi surpris…

Marcel réfléchissait sur la manière d'entrer le mieux possible dans le personnage de Thierry. Il avait perdu au cours de ses longues années d'armée, une bonne partie de son accent rocailleux du Rouergue. On ne lui demandait plus en l'entendant : « D'où es-tu ? » Mais, de là à s'exprimer comme « Monsieur le marquis », il y avait un gouffre. Il se remémorait ses conversations, cette façon qu'il avait de ponctuer la fin de ses phrases, de respirer en réfléchissant sans se précipiter dans la discussion… Même quand « le marquis » s'efforçait d'être grossier pour mieux participer aux rigolades de ses camarades, les gros mots prononcés par sa bouche avaient de la retenue… Ils paraissaient s'anoblir… Ce qui lui manquait le plus, à lui le paysan, était la culture d'un fils de bourgeois. Thierry avait beaucoup d'années de lycée derrière lui, même s'il était un fort mauvais élève qui avait redoublé beaucoup de classes… Il lui avait souvent parlé de la bibliothèque familiale constituée au fil des générations, et plus récemment, par un père amateur de vieux livres… Il se promit de profiter de cette période de convalescence pour avaler toute la littérature classique : Zola, Hugo, Balzac etc. C'est vrai qu'il était inculte. Il n'en avait pas honte ! Au contraire, car sa pensée n'était pas déformée par un fatras de connaissances qui lui paraissaient inutiles dans la vie pratique. Quand il était berger sur l'Aubrac, il n'emmenait jamais de livre… Il avait assez de son troupeau ! Il ferait passer ce manque de références pour une séquelle de cette captivité inhumaine… comme il serait amené à le faire pour bien d'autres choses !

Il se leva pour aller aux toilettes. Se mirer dans la glace était pour lui, un supplice ! Il ferma les yeux pour ne plus se voir ! Cela lui donnait l'impression de sentir le cadavre. Il avait encore dans les narines cette odeur abominable qui empuantissait le camp, son mouroir d'infirmerie, son cimetière. Elle le poursuivait jusqu'ici, obsédante et affolante.

- J'achèterai un parfum dans la première parfumerie que je trouverai sur mon chemin, se dit-il.

Il mastiqua doucement son repas en cherchant le nom du parfum de « Monsieur le marquis. » Il n'était pas dans les habitudes d'un paysan du Rouergue de se parfumer, sauf peut-être à l'eau de Cologne du Mont Saint Michel, et, seulement dans les grandes occasions que sont les baptêmes, premières communions, mariages ou enterrements !

- Je le tiens le nom de son parfum ! Il y avait « Mont » comme Mont Saint Michel… C'était Mont… blanc ! Montblanc ! Je sentirai bon comme « Monsieur le marquis ! » Madame et mademoiselle de Chateaurenard reconnaitront leur fils et frère à sa sublime fragrance !

On lui servit le café. Il fut sur le point de demander la boite à cigares. Il se ravisa. S'il avait résisté à la pénurie totale de la captivité, la grande abondance de la liberté le ferait sûrement mourir !

Il remonta la Canebière pour voir le film « Sabrina » dans une petite salle, aujourd'hui disparue. Il fut enchanté par le jeu d'acteur d'Humphrey Bogart ; quant à Audrey Hepburn, il la trouva très sexy ! Depuis combien de temps ne s'était-il pas assis dans une salle de cinéma ? Un bail se dit-il, si on excepte le film de propagande désolant de la jungle du camp soixante-quinze qu'il chassa aussitôt de sa mémoire.

Il prit le chemin de la gare Saint Charles. Il acheta le parfum susdit dont il s'aspergea largement. Cela lui rappela tellement son compagnon d'infortune que des larmes perlèrent à ses yeux. Il les essuya vite d'un revers de la main. La vendeuse s'en aperçu :

- Vous pleurez, monsieur ?

- Oui ! Vous ne pouvez pas savoir… C'est une peine immense, et ce serait trop long de vous l'expliquer !

Il sortit. Le moment était venu d'affronter sans tergiverser cette nouvelle aventure… Il marcha d'un pas décidé vers la gare. Au tableau d'affichage, il y avait un train-couchettes, départ à vingt-heures quarante-cinq.

- Un aller simple pour Paris en couchette de première classe, s'il vous plaît… Monsieur !

Celui-ci lui tendit son billet en souriant. Il n'était guère habitué à cette amabilité désuète…

- Merci… Monsieur, fit il en imitant « Monsieur le marquis. »

A vingt-heures-trente, il s'installa dans sa couchette.

- Une belle vie m'attend, se disait-il en cherchant un sommeil qu'il ne pouvait trouver, tant il était excité par l'immersion totale dans une aventure étrange et inconnue de lui…

Immersion totale.

Le train siffla trois fois dans la nuit. Il s'endormit, mais fut réveillé à Avignon. Un employé criait : « Avignon, Avignon, dix minutes d'arrêt ! » Des portières claquaient. Les dix minutes passèrent dans un brouhaha de voix qui s'interpellaient et de valises et chariots qui s'entrechoquaient. On siffla le départ.

- Difficile de dormir dans ces conditions ! Je suis allongé de façon confortable, c'est bien mieux que des lattis de bambou…

Son sommeil fut ponctué par l'arrêt à toutes les gares du Marseille-Lyon-Paris. Il arriva de bonne heure à la gare de Lyon, où il se précipita « au Train bleu », le célèbre buffet pour avaler un petit déjeuner.

Revoir Paris… dans le petit jour ! Quel bonheur d'être le badaud qui observe l'agitation fiévreuse des commerçants qui ouvrent leurs boutiques, balaient, nettoient, installent leurs étals. Quel plaisir de voir les ouvriers et les travailleurs se précipiter dans l'enthousiasme général vers leurs chantiers, leurs ateliers ou leurs usines. Sera-t-il bientôt un bon directeur d'usine, le type capable de donner du travail à trois ou quatre cents ouvriers. « Le marquis » lui avait assuré que ce serait facile, un « jeu d'enfant » avait-il ajouté. Il en doutait ; il n'avait pas le choix. Il lui avait promis sur son lit de mort, jurant la main sur le cœur et les larmes aux yeux ! Il y a des promesses qu'on ne peut renier. C'était aujourd'hui le grand oral. Il affrontait sa nouvelle famille. Il avait conscience que c'était tout ou rien ! Ou ça marchait, et il était le richissime « Thierry de Chateaurenard » ; ou, ça ne marchait pas, et il était un imposteur qu'on jetait à la rue ! Quitte ou double. Pas pire que quand ils sont montés ensemble à l'assaut du piton Gabrielle à la tête du cinquième bataillon parachutiste vietnamien… Là, c'était sa vie qu'on jouait ! « Alors, n'aie pas peur, ce n'est rien », se dit-il. Nul besoin de trembler ! Va-s-y ! Affronte ton destin sans te retourner sur ton passé… Il est mort ce passé alliant les bouses de vache sur l'Aubrac aux sauts en parachute sur le Vietnam : Tu dois l'oublier ! Désormais tu es un autre homme, tu es Thierry de Chateaurenard qu'on appelait « le marquis.»

Ces réflexions lui firent accélérer le pas. Il suivit le canal Saint Martin en direction de la place Jean Jaurès où, sous le métro aérien, se trouvait la gare des cars Citroën. L'un d'eux l'emmènerait vers sa destination finale : Sainte Geneviève ! Le prochain départ « direction Beauvais » était à dix heures. Cinquante kilomètres pour une heure et demie de trajet ! Le car s'arrêtait dans toutes les agglomérations… Il avait le temps de rêver à la belle américaine qui l'attendait dans le garage. Il y avait bien longtemps qu'il avait tenu un volant. Il avait conduit les camions militaires, soit les vieux GMC, hérités de l'armée américaine, soit les Citroën ou Berliet flambant neufs. Quelle différence ! Ce serait assez extraordinaire de conduire une Buick, cabriolet de surcroit !

Il descendit du car devant le bar tabac. Le ciel était gris et une brise froide du nord-ouest le fit frissonner. L'air sentait la pluie qui ne tarderait pas. Il hésita à entrer acheter un paquet de gauloises. Il était désintoxiqué du tabac ; il valait mieux ne pas recommencer. Il aurait pu boire un café pour retarder un peu l'instant fatal… Des amis du « marquis » qu'il ne connaissait pas, pourraient lui sauter au cou et le désemparer totalement. Le mieux… était de trouver la « Renardière », la luxueuse maison des Chateaurenard sans se tromper. Il se rappelait bien ses derniers mots : « une grande maison bourgeoise sur la route nationale en face des magasins Coop et Familistère. Un petit jardin d'agrément derrière une élégante grille en fer forgé, met cette imposante demeure en retrait de la route. Au milieu de ce jardin, trône une Vénus de pierre blanche et des griffons ornent chacun des côtés du monumental perron. »

Il descendit la pente légère à grands pas. La route nationale était droite et bombée. De rares véhicules, automobiles ou camions, y circulaient. Deux larges trottoirs où une herbe verte poussait par endroits, la bordaient. Ce village sentait bon la campagne, la ferme et la bouse de vache. Il ressentit tout de suite une atmosphère sympathique qui lui rappelait un peu son pays, l'autre Sainte Geneviève, Sainte Geneviève sur Argence. Pourtant ici les maisons n'étaient pas en pierres de taille grises, mais en briques, pas de lauzes sur les toits, mais des tuiles moussues… Non, c'était l'atmosphère d'un village de France qu'il retrouvait, et cela l'enchanta. Il passa devant la boulangerie et l'hôtel du Nord. Une bonne odeur de pain qu'on vient de sortir du four, flottait. La Coop et le familistère étaient bien là et l'importante maison comme décrite par le « marquis » se tenait, imposante, dans son jardin d'agrément. Il vit la plaque de cuivre à droite de la grille sur laquelle était marquée en belles lettres calligraphiées : « La Renardière. »

- Pas de doute, c'est bien ici ! Se dit-il.

Il mit sur sa face de moribond, un masque de franchise… et tira sur la sonnette, un petit pincement au cœur. Une jolie petite femme blonde très élégante, de la soixantaine, dans un tailleur noir entrebâilla la double porte. Elle fit :

- C'est pourquoi ?

Puis, se ravisant, surprise et ravie :

- Mais, c'est mon fils ! Thierry ! Entrez, je vous en prie ! La grille est fermée, passez par le petit portail à côté.

Il entra. Il pensa : « J'avais oublié le vouvoiement entre les parents et les enfants ! C'est drôle ! » Un grand sourire « bon enfant » ornait sa face. La mère dévala le perron, puis l'allée de cailloux blancs en trottinant sur ses hauts-talons. Elle sauta au cou de son fils.

- Mon fils, mon fils ! Nous vous avons cru mort. On a dit les pires choses sur les prisonniers du Vietminh pour les démentir ensuite. Vous êtes vivant. Embrassez-moi encore ! Serrez-moi fort dans vos bras que je sente que c'est bien vous, mon fils… qui m'avez tant manqué !

Marcel s'exécutait de son mieux, serrant « sa mère » qui sentait bon le « Chanel numéro cinq » son nez et sa bouche perdus au milieu des cheveux blonds. Lui qui avait eu une mère aux cheveux gris qui envahissaient d'année en année des cheveux bruns, presque noirs, lui dont la mère sentait la chèvre et le lait caillé, se sentit dans un premier temps désemparé. Une sourde envie de s'écarter d'elle comme s'il s'agissait d'un contact incestueux, passa ! Il se ravisa très vite et la serra dans ses bras avec douceur comme l'aurait fait un bon fils.

Au bout d'un court moment qui parut long à notre héros, elle s'écarta et continuant de le tenir par les poignets, l'examina, n'osant rien dire. Il la regardait aussi, sondant son regard bleu en souriant, attendant que le verdict qui ferait de lui un « Thierry de Chateaurenard » plus vrai que nature, tombât…. Cette minute d'observation et de silence fut la plus longue de sa vie… Enfin, elle éclata de nouveau de vivacité dans un flot de paroles :

- Oh ! Mon pauvre Thierry, comme vous êtes maigre et vieilli. Comme ils vous ont arrangé ces sauvages. Vous n'avez plus que la peau et les os ! Vous flottez dans votre pantalon. Vous qui étiez si beau, si costaud. Faîtes voir vos bras…

Thierry remonta les manches de sa chemise :

- Vos bras sont décharnés ! Comment peut-on être cruel à ce point ! Ce ne sont pas des humains, ces tortionnaires ! Pires que des bêtes sauvages !

Et de nouveau, elle l'embrassait, le serrait dans ses bras en se hissant sur la pointe des pieds. Enfin comme si elle était repue d'amour filial, elle le tira par la manche :

- Venez, entrez…

Ils gravirent le perron. Le faux Thierry ouvrait grand ses yeux, observant, allant d'étonnement en étonnement. Un grand couloir central divisait la maison en deux. Une belle commode d'antiquaire, brillante de cire, ainsi que des tableaux de maître sur une tapisserie d'une noblesse et d'une élégance comme il n'en avait jamais vue, en brisaient la monotonie. Des portes entrouvertes ou fermées ponctuaient ce couloir. Elle le précédait, ouvrit la dernière et dit :

- Asseyons-nous quelques instants au salon.

Puis se retournant vers la cuisine, située en face juste à côté du grand escalier qui menait au premier étage :

- Hortense, Thierry est de retour, apporte-nous un café !

A ces mots, la vieille cuisinière se précipita dans le salon :

- Ah ! Thierry ! Monsieur Thierry, on vous avait cru mort ! Permettez que je vous embrasse !

« Thierry » se leva et embrassa la vieille servante aux cheveux gris qui sentait la frite et le fricot. Celle-ci n'osa pas accaparer l'arrivant et risqua ce commentaire :

- Oh ! Vous avez besoin de vous remplumer ! J'ai fait un bon lapin avec des pommes de terre, ça tombe bien ! Il semble me rappeler que vous adorez ça !

- Oh ! Oui, merci, Madame Hortense !

- Je vous en prie, appelez-moi Hortense comme quand vous étiez petit !

Il s'assit dans un fauteuil Voltaire. « Et de deux » se dit-il. « Je suis bien Thierry ! » Son regard se baladait du sol au plafond, allant de surprise en surprise. Il ne s'attendait pas à un tel luxe ! Des fauteuils anciens dont il ignorait le nom, le style ou l'époque, revêtus de tissu de velours de qualité, posés sur un épais tapis de laine, - qu'il se figurait persan - se distribuaient autour d'une table basse en verre. Il n'aurait jamais imaginé ça ! Une avancée à l'anglaise éclairait le salon. A travers les croisées on apercevait un grand mélèze centenaire.

- Que je suis heureuse de vous retrouver ! J'avais tellement peur qu'un jour on m'apprenne votre mort ! Depuis les accords de Genève, ils auraient dû m'avertir que vous étiez bien vivant !

Hortense apporta le café discrètement. Ses yeux brillaient d'enthousiasme en regardant celui qui dans sa tête, était toujours « le petit Thierry ! » Elle versa le café dans de fines tasses en porcelaine au décor de rose et se retira.

- J'ai une mauvaise nouvelle à vous apprendre. Votre père est décédé, il y a déjà quinze jours dans sa soixante-quinzième année. Je porte son deuil. Il a fait un troisième infarctus qui, cette fois, lui a été fatal. Il est décédé à l'hôpital de Beauvais après trois jours d'hospitalisation. C'était un homme courageux qui, jusqu'au dernier moment, a voulu diriger ses deux usines qui, d'ailleurs, à cause de cette guerre d'Indochine, étaient en difficulté, celle-ci entraînant une diminution de la consommation dans le textile et prêt-à-porter. Espérons que la paix entraînera une reprise dans ce secteur.

« Thierry » baissait les yeux, mimant presque parfaitement une grande peine. Il s'essuya les yeux comme s'il pleurait.

- Il repose désormais dans le caveau familial des Chateaurenard.

- J'aimerais me rendre sur sa tombe sans tarder.

- Nous irons ensemble cette après-midi.

La cuisinière réapparut :

- Le diner de Madame est servi.

« Thierry » jeta un coup d'œil à la comtoise qui trônait entre le salon et la salle à manger. Il était déjà midi-trente.

- C'est l'heure à laquelle nous nous mettons les pieds sous la table. Comme vous le savez, je tiens à ce qu'on respecte cet usage. Votre père y tenait et nous continuerons ainsi comme s'il était parmi nous.

« Thierry » pensa que l'importance de la maison, sa tenue nécessitaient de telles règles. On était loin de la douce anarchie de la ferme de Mels où l'heure des repas variait en fonction des travaux !

- Votre sœur, Daphnée, arrive de Paris demain soir. Elle va être enchantée de vous voir. Elle s'est beaucoup inquiétée de vous savoir prisonnier du Vietminh ! Elle a réussi l'internat des hôpitaux de Paris. Elle est très douée. Elle voudrait être ophtalmo ! C'est un très beau métier pour une femme. Elle n'a pas fini de vous poser des questions !

- Je vous raconterai tout de cette terrible captivité quand j'en aurai le cœur. Je suis encore sous le choc et pour l'instant je savoure chaque instant de ma liberté retrouvée sans regarder dans le rétroviseur !

« J'ai gagné » se disait-il en mastiquant doucement son repas. « Ma mère » et Hortense la cuisinière m'ont intronisé « Thierry de Chateaurenard ». Je suis une copie conforme ! Tout va bien de ce côté. Le grand oral, l'épreuve ultime est pour demain. Cette sœur Daphnée, intelligente, perspicace, observatrice risque de mettre en péril ce beau succès primitif. »

« Sa mère » échafaudait déjà des projets. Elle voulait bien assurer l'intérim de la direction des usines pendant son rétablissement. Ce poste lui revenait de droit et par conséquent, il devait s'informer et se former pour prendre en main cette fonction délicate. L'important était aussi la pérennité des Chateaurenard et, à ce titre, il devait chercher à se marier de façon à prévoir lui aussi sa succession…

« Thierry » ne désapprouva pas cette suggestion, mais par une mimique appropriée la déclina, du moins dans l'immédiat.

- Oui, mais le temps passe vite… Il faudra y songer, ajouta-t-elle.

Ils passèrent de nouveau au salon. La cuisinière leur préparait un nouveau café.

- Comment envisagez-vous les prochaines semaines ?

- J'aimerais déjà me remettre avant de me présenter au bureau de l'usine. Je me trouve trop moche et trop « faiblard » pour être un directeur crédible aux yeux des ouvriers. En attendant, nous pourrons déjà éplucher les dossiers, envisager les problèmes et leurs solutions. La semaine prochaine, je dois m'acquitter sans tarder d'une promesse faite à un ami, Marcel Rigal, avant son décès. J'ai promis d'aller voir sa mère pour lui dire comment il avait été courageux et s'est battu pour ne pas mourir… C'est en Auvergne, entre Aurillac et Rodez. Je ne ferai que l'aller-retour. Pour aujourd'hui, je vais faire une toilette, changer de linge, faire le tour de la propriété et nous rendre au cimetière. Est-ce que cela vous convient ?

Vouvoyer « cette mère » lui était facile. Il pensa que cet usage était étrange. Il n'aurait jamais pu vouvoyer la sienne.

- Cet emploi du temps me convient et si vous voulez, je ferai le tour du jardin avec vous.

Ce qu'il approuva. Ils dégustèrent leur café. Hortense amena la boite aux chocolats fins. Il choisit du chocolat noir de Colombie. Cette vie lui plaisait bien. Le mensonge permanent le gênait un peu… Quand il se culpabilisait, il levait les yeux au ciel et revoyait le vrai Thierry de Chateaurenard sur son grabat de lattis de bambou le supplier de le remplacer pour que sa mère et sa sœur ne pleurent pas… Alors, il reprenait courage et avait l'impression d'accomplir une mission bienfaisante, d'ailleurs pas du tout désagréable d'autant que cette « aventure » lui plaisait et que chaque stade passé lui provoquait une intense jubilation intérieure comme s'il gagnait une nouvelle bataille. Il savait cependant qu'un jour de malchance, une erreur, une imperfection, un détail le trahiraient. Cette crainte constante jusqu'à l'obsession, le stimulait comme un challenge renouvelé à chaque instant et dont il faut quotidiennement sortir vainqueur. Il lui sembla soudain que cette situation serait toujours précaire, qu'il serait toujours un équilibriste qui risque de chuter de son fil au moindre coup de vent.

Elle l'accompagna au premier étage pour lui montrer la chambre de « son père. »

- Voilà, j'ai rangé toutes les affaires, les bibelots et les tableaux ayant appartenu à « votre père ». J'ai fait remettre à neuf cette pièce qui en avait bien besoin. J'ai changé la literie. Seuls les livres de la bibliothèque sont restés inchangés et toujours dans le même classement alphabétique que vous connaissez.

« Thierry » admira cette pièce aux dimensions impressionnantes. Une porte-fenêtre donnant sur les frondaisons côté jardin, s'ouvrait sur un petit balcon. Un bureau de style – mais de quel style ? Il ne savait le dire — était disposé devant, de façon à bénéficier de la clarté du jour. Thierry pensa qu'il aimerait avoir cette chambre calme qui donnait sur le jardin.

- C'est la chambre du directeur ! Dans la mesure où cette responsabilité vous revient, vous pourrez abandonner votre chambre d'enfant et vous installer ici quand vous jugerez le moment venu.

- Pourquoi pas ? Je m'y installerai demain ! S'entendit-il dire.

Elle sourit de contentement. « Son » fils manifestait ainsi sa décision de prendre vraiment la direction des usines. C'était clair. Ce fils revêche et opposant avait mûri. Elle fut soulagée d'un grand poids. La transmission à la génération suivante se ferait sans heurt.

Il s'attarda devant l'alignement des livres reliés, à la couverture en cuir pour la plupart d'entre eux. « Quelle richesse ! » se dit-il. Il éprouva un sentiment de fierté et d'admiration. « C'est ici, dans cette pièce que je lirai, assis dans cette méridienne le dos à la fenêtre. Dans ce lieu silencieux, je retrouverai ma tranquillité d'esprit ; j'évacuerai les scènes d'apocalypse qui m'obsèdent. J'éprouverai la consolation d'être le remplaçant de ce fils de famille. Je puiserai la force d'être à la hauteur de mon rôle. Ici, je chasserai toutes les sensations désagréables qui m'accableront toujours en ayant pris la place et le nom d'un mort » !

Ils entrouvrirent les portes des autres chambres, celle de Daphnée, celle de « sa » mère, celle de la salle de bain et enfin la « sienne ». Il fut étonné, c'était presque encore une chambre d'enfant pas très grande avec un lit de quatre-vingt-dix et une décoration adolescent-adulte jeune où des posters d'avions côtoyaient des images de sauts en parachute… des rêves de gosse concrétisés par des posters !

Emportée par son élan, madame de Chateaurenard manifesta son désir de faire le tour de la propriété au bras de « son fils. » Elle revêtit un imperméable gris foncé, chaussa ses bottes de cuir à talons mi hauts. Ils descendirent les quelques escaliers côté cour. Le grand mélèze trônait au milieu d'une vaste pelouse verte. Ils visitèrent rapidement le bâtiment situé à gauche, destiné à accueillir à la fois des outils de jardin et les jouets des enfants : bicyclettes et table de ping-pong. Ils s'attardèrent dans le garage attenant. « Thierry » admira sa Buick cabriolet d'un bleu royal, la caressa, s'assit au volant.

- Vous pensez qu'elle démarrerait ? La batterie doit être à plat.

- Essayez donc ! J'ouvre grande la porte pour les gaz d'échappement !

Elle démarra à la troisième tentative. Thierry n'en revenait pas ! Tout le séduisait : la magnifique carrosserie et ses chromes, l'intérieur cuir et ce ronronnement caractéristique du moteur essence à huit cylindres. Elle représentait la récompense de ses efforts. A cause d'elle, il aurait toujours peur de tomber de son piédestal, de son statut de « Chateaurenard ! » A partir de cet instant, il eut confiance dans son avenir d'aventurier, d'usurpateur d'identité. C'était palpitant et trop beau !

- C'est avec ce cadeau que j'ai tenté de vous retenir !

- Maintenant… je sais que j'aurais dû vous entendre !

A côté, était rangée la traction quinze. Sa couleur noire par contraste avec l'opulente Buick, lui donnait un air d'ascétisme sévère, presque sinistre.

- Voilà votre voiture de fonction. Vous l'utiliserez pour vous rendre à l'usine. La Buick est trop ostentatoire… Il ne faut pas donner d'arguments aux syndicalistes.

Il pensa qu'elle était bien dans la réalité : « C'est une femme à poigne qui saura faire de moi un bon directeur d'usine… si je ne me trahis pas. » Il ajouta :

- Les jeunes hommes devraient toujours écouter les conseils de leurs parents surtout quand ils proviennent du cœur d'une mère.

Elle essuya une larme. Son engagement dans les parachutistes lui avait donné tant de soucis, de craintes et de peurs qu'elle en pleurait chaque soir, qu'elle se réveillait la nuit en proie aux plus grandes angoisses. Elle voyait son fils décharné agonir dans la brousse du Tonkin… Il l'appelait comme un condamné à mort supplie ses bourreaux de l'épargner… Cette prémonition la hantait. Cette femme pieuse avait passé de longues heures la nuit à prier à genoux la vierge Marie et le bon Dieu de délivrer son fils… Elle avait été exaucée ! C'était un véritable miracle ! Elle ne remercierait jamais assez le Seigneur… Son fils était libéré et sauvé, de plus, il était enfin raisonnable ! Ses rêves d'aventure s'étaient évanouis avec cette captivité… Il avait enfin compris !

Ils sortirent du garage, firent quelques pas et entrèrent dans le jardin. « Thierry » admira d'emblée les larges allées rectilignes à la fine bordure de buis taillée au carré. Ce jardin, entouré de hauts murs de pierre, était si vaste que toute sa surface ne pouvait être cultivée. A droite, s'étendait le potager. Nous étions au mois d'octobre et sous le ciel gris de nuage, s'étendait une planche de poireaux, à côté de celle de salades et d'une autre de choux. Elles attendaient une éventuelle récolte. Les autres planches, nues, étaient déjà prêtes pour être ensemencées ou plantées au printemps prochain.

A gauche, s'étendaient des carrés de framboisiers, un autre de groseilliers et enfin un autre de cassissiers. Il admira la propreté et l'organisation. Au fond, un petit bonhomme aux tempes grises était monté sur une échelle appuyée contre le mur d'enceinte. Léon, jardinier et mari d'Hortense, la cuisinière, réparait les espaliers sur lesquels des poiriers et des pommiers s'appuyaient. Ils allèrent vers lui pour le saluer. Quand Léon vit Thierry, il descendit de son échelle avec précaution, s'essuya les mains à son tablier, et de ses yeux myopes, examina l'arrivant comme il aurait examiné un étranger. Il marqua une hésitation… « Thierry » lui tendit la main en souriant. Léon se reprit :

- Tu as tellement changé que je ne t'aurais pas reconnu dans la rue ! Embrasse-moi ! Il y a si longtemps que je t'ai vu ! Nous avons passé tant de bon temps ensemble ! Tu étais toujours derrière moi, souvent avec ta sœur, à me regarder bêcher, semer, sarcler, tout en me racontant les histoires de l'école !

Ils s'étreignirent. « Thierry » avait perçu le moment d'hésitation où tout aurait pu basculer. Il était un peu déstabilisé. Il prit la décision d'attendre sans rien dire… Faire comme si de rien n'était… Pour briser le silence, le jardinier reprit avec son habituel air bonhomme :

- Alors, le para est démobilisé…

- Eh ! Oui, c'est un grand soulagement ! Je vous raconterai plus tard mon calvaire…

- En tout cas, ils t'ont bien fait souffrir. C'est marqué sur ton visage, dans ta chair !

Le jardinier retourna à son ouvrage. Ils continuèrent leur promenade et entrèrent dans le petit bois d'agrément. Une large allée sous les frondaisons, en faisait le tour. Une petite tonnelle sur laquelle courait une vigne vierge en occupait le centre devant une pelouse fraîchement tondue.

- Vous rappelez-vous les courses de bicyclette que vous faisiez avec votre sœur, les chutes et les genoux meurtris qu'Hortense vous soignait au mercurochrome ?

- Eh ! Oui, l'enfance, c'est la période la plus merveilleuse de la vie…

« Thierry » pensa que cette propriété était tellement agréable qu'il aurait aimé l'habiter et se promener à bicyclette dans ce jardin et dans ce bois quand il était enfant. Lui, le premier vélo qu'il avait possédé, il se l'était payé avec son premier salaire de manouvrier de la ferme de Beauregard ! Il avait presque quinze ans et c'était pour se rendre à son travail ! Il ne connaissait que cette vie rustique de paysan pauvre du Rouergue et n'aurait jamais pensé que d'autres enfants jouissaient de tous ces avantages, de la douceur du confort et de l'abondance. Et maintenant, il se promenait dans ce riche domaine ! Une « mère » habillée d'un joli tailleur, bien coiffée et teinte afin de masquer ses cheveux gris, parée de brillants bijoux, sentant bon le Channel numéro cinq, lui tenait le bras en le serrant comme si elle avait peur qu'il reparte. Il avait l'impression de vivre un rêve éveillé. C'était tellement merveilleux qu'il lui montait de plus en plus une angoisse irrépressible : celle d'être découvert, celle qu'éclate au grand jour le scandale de sa félonie…

C'était l'heure du thé. Madame de Chateaurenard n'aurait jamais manqué cet instant délicieux. Ils laissèrent leurs chaussures légèrement crottées dans l'entrée. Hortense lui apporta d'élégants chaussons ayant appartenu à Thierry. Ils s'assirent au salon. Madame de Châteaurenard, très volubile, n'arrêtait pas d'évoquer des souvenirs d'enfance de sa progéniture. « Thierry » écoutait sans mot dire et enregistrait toutes ces histoires que le vrai Thierry avaient passées sous silence parce qu'elles étaient trop puériles, qu'elles lui avaient échappé ou parce qu'il les avait lui-même oubliées. Boire du thé dans une tasse de porcelaine de Limoges finement décorée avait pour ce « Thierry-là » quelque chose d'incongru ! Quand dans sa jeunesse, il s'arrêtait de travailler que ce soit avec son père ou avec d'autres compagnons, ils sifflaient un verre de cidre à la hâte et sans aucune cérémonie, quelquefois un verre de gros rouge, en racontant quelques bêtises ! Puis, à l'armée, il avait connu la bière avec ses camarades paras, les demis, puis les bocks… Maintenant, dans cette sorte de merveilleuse troisième vie, il buvait un thé de Ceylan dans une tasse de porcelaine, avec une dame élégante et distinguée qui croyait être en présence de son fils ! C'était incroyable, extraordinaire… excitant !

La cuisinière apporta des galettes du Mont Saint Michel, disposées sur une assiette à dessert aux mêmes motifs floraux que la tasse.

- Servez-vous, n'ayez pas peur ! fit « sa mère ». Quant à moi, je n'en prendrai qu'une. Je fais attention à ma ligne. Tous ces soucis, votre disparition et le décès de « votre père », mon mari, m'ont fait prendre quelques kilos que je dois perdre si je ne veux pas être obligée de changer toute ma garde-robe.

Tandis qu'il se lançait à l'assaut des galettes comme un parfait soudard, elle grignota la sienne du bout des lèvres, avec une élégance qui amusa son interlocuteur ! Il se retint de sourire. Son rôle le divertissait de plus en plus. Au fur et à mesure que son succès se confirmait, il prenait de l'assurance et se sentait plus à l'aise. Les craintes, les appréhensions s'évacuaient de sa conscience. Il était tenté de jouer moins finement, comme un acteur qui force son personnage pour obtenir une meilleure adhésion du public afin de recueillir des applaudissements…

Une visite au cimetière s'imposait avant la nuit. Le ciel était bas et celle-ci tomberait de bonne heure. Ils remirent leurs chaussures et bras-dessus, bras-dessous, s'en allèrent à pied. Ils montèrent la rue « Monte-à-regrets ». Un vent froid s'était levé. Des feuilles d'automne volaient dans les airs. Ils poussèrent la grille qui grinça sur ses gonds et arrivèrent devant un monument funéraire imposant et vieillot. Silencieux, ils se recueillirent quelques instants. Madame de Chateaurenard récita à voix basse quelques pater noster et quelques ave, tandis que « son fils » semblait prier en silence.

Quand ils revinrent, l'obscurité commençait à envelopper les tombes, les murs et les arbres qui bordaient le chemin.

- Il est temps de rentrer ! dit-elle en frissonnant.

Elle se serra contre « son fils ».

- Ne croyez-vous pas que ce monument funéraire des Chateaurenard est obsolète ? Et que nous devrions le remplacer par un monument en marbre plus moderne ?

- J'aime beaucoup « notre » monument funéraire. Certes, il est ancien, mais j'y suis attaché. Du dix-neuvième siècle, je suppose ? Il gagnerait à être rénové, gratté car, pendant toutes ces années, de la mousse s'est incrustée sur la pierre ! Quant aux éléments métalliques, après les avoir sérieusement dérouillés, il faudrait les repeindre. Qu'en pensez-vous ?

- Oui, vous avez raison, restons dans la tradition, sans dépenses ostentatoires ! Déjà, quand vous allez ressortir votre Buick, celle-ci va relancer les chroniques villageoises sur notre richesse… qui n'est qu'une apparence !

Première nuit à la Renardière.

La première nuit que « Thierry » passa à la Renardière fut agitée par des rêves, des cauchemars et des remords. Il dormait pour la dernière fois dans « sa » chambre d'adolescent avec « son » lit de quatre-vingt-dix et « ses » posters accrochés au mur. Cette personnalisation gêna sa conscience. Il était dans le lit, la chambre d'un autre. Il tenait, en quelque sorte, la place d'un mort. S'endormir lui était impossible. Il se tournait et se retournait dans le lit étroit. Tant que cette idée de « remplacement » n'avait été qu'une théorie, elle ne lui avait posé aucun problème. Il la trouvait même amusante, excitante ! La réalité était plus difficile à supporter. Il avait l'impression de violer l'intimité d'une famille, d'un domicile, pire… de s'introduire au sein de leurs âmes ! Des remords l'assaillirent. Seul, dans ce silence angoissant de la nuit, il avait l'impression d'être pris dans un piège, d'être prisonnier non pas du Vietminh, ni d'un engagement dans l'armée, mais prisonnier d'une promesse folle, impossible à tenir à long terme, faite un peu trop vite dans un contexte particulier et dans les larmes de l'agonie de son plus cher ami…

Il était prisonnier !

- Prisonnier d'une promesse aberrante, prisonnier d'un mensonge, se répéta-il !

Demain, il intégrerait la chambre spacieuse de directeur. Au moins cette pièce avait l'avantage de la neutralité affective. A part les volumes de la bibliothèque, elle avait été débarrassée de tous les objets personnels qui pourraient rappeler l'occupant précédent que d'ailleurs il n'avait pas connu. Il regretta de ne pas l'avoir adoptée d'emblée ! Comment pouvoir s'endormir dans cette chambre d'enfant, d'un autre enfant !

« Sa mère » avait ravivé ses craintes. Cette femme pratique avait abordé le problème de changement de direction et de dépôt de signatures auprès de la chambre de commerce et d'industrie. Cette irruption dans le concret l'avait chiffonné au plus haut point. Elle avait commencé par lui donner, en mains propres, les relevés du compte bancaire de Thierry. C'est avec joie qu'il s'était aperçu qu'il était désormais à la tête d'une coquette somme, et, qui dépassait toutes ses espérances ! En fait, il ne s'était pas préparé à affronter tous ces « détails » de la vie réelle. Il s'était contenté de rêver aux avantages d'être un

Chateaurenard bien habillé, doté d'élégantes chaussures, propriétaire de voitures de luxe, vivant dans des demeures de maître ! Il détesta ces détails concrets ! Certes, il s'était entraîné à imiter la signature de Thierry pendant son hospitalisation à Haï Phong. Son imitation était parfaite. Tirer de l'argent sur le compte du « marquis » dans la réalité, lui parut un vol… pire, un crime de lèse-majesté. S'approprier l'argent d'un mort… sans avoir transpiré pour le gagner. Il était pétri de sa culture paysanne sur fond de morale chrétienne : « Tu gagneras ton pain à la sueur de ton front ! » Dans son esprit, l'argent était la récompense d'un travail. Etre à la tête d'une petite fortune par le simple fait de jouer la comédie du remplacement d'un mort lui parut une abominable escroquerie… Et cette escroquerie s'appelait : « Usurpation d'identité ! »

Que faire, seul, avec cette angoisse terrible au milieu de cette nuit opaque ?

Comme dans tous ses moments de doute, il invoqua l'esprit de Thierry, l'âme du vrai Thierry de Chateaurenard. Il le pria d'accourir à son chevet. Les doutes en se transformant en profonde détresse, il eut la certitude que les mânes de Thierry habitaient cette chambre, et sa pensée s'élevant en une sorte de prière incantatoire, il murmura dans l'obscurité de la nuit :

« Thierry, mon ami, mon camarade, toi avec qui je suis lié à la vie et à la mort, je t'en prie, aide-moi ! Ne m'abandonne pas à mes mensonges, à mes remords, à cette angoisse qui me rendra fou si tu ne viens pas à mon secours ! »

Il vit alors une lueur opalescente se dessiner, et prendre forme. Il était en présence d'un fantôme… d'un fantôme rassurant et ami… mieux : une sorte d'ange du ciel avec de petites ailes phosphorescentes. Cet être sorti comme par magie de l'essence spirituelle des murs de l'antique demeure des Chateaurenard, lui communiqua par des ondes imperceptibles et mystérieuses, cet étrange message :

« Continue sur ce chemin ! Ne t'en fais pas, car je suis avec toi ! Mon esprit te guidera, t'assistera dans tes moments de désarroi. Quand tu seras las de cette comédie, que tu douteras de la grandeur de ta mission, rappelle-toi le cadavre putrescent et décharné que tu as enterré dans la jungle du Tonkin. Je t'en supplie de nouveau, toujours et encore : Remplace-moi auprès des êtres qui me sont chers… Je me suis réincarné en toi… Désormais deux âmes habitent le corps que tu as su sauver : Toi, le fils de paysan du Rouergue, habitué depuis ton plus jeune âge aux rudesses de l'existence, et moi le dandy, élevé dans la ouate, qui ne pouvait que succomber à ces terribles épreuves… Tu sauras sortir vainqueur de ta mission ! Tu trouveras ta récompense sur mon compte en banque et dans les nombreux avantages que t'offrira désormais ta vie par procuration ! Je te l'offre comme un dû. Avance, sans jamais te retourner ! Songe toujours que je vis en toi, que je suis avec toi, que je suis toi ! Aie confiance dans l'avenir ! Mon étoile brillante dans le ciel, te guidera ! »

Cet ange-fantôme s'évanouit dans la nuit. « Thierry » put s'endormir le cœur léger, certain qu'il était dans le droit chemin, celui du sacrifice et de l'honnêteté… Il dormit jusque tard dans la matinée. Avant de se réveiller, il rêva qu'il était dans la ferme de Mels. Sa mère pleurait à chaudes larmes. C'est à ce moment que la porte de sa chambre s'entrouvrit et qu'un filet de lumière vint se poser sur ses yeux. Il ouvrit un œil et vit Hortense :

- Vous êtes réveillé ? Il est neuf heures et demie. Je vais tirer les rideaux et ouvrir vos volets.

Pendant que la vieille servante s'exécutait, « Thierry » s'assit dans son lit, se frotta les yeux et encore dans son rêve, se dit : « Il est urgent que j'aille à Mels. Au moins, ma vieille mère a le droit de connaître la vérité !»

- Eh bien ! Vous aviez du sommeil en retard. C'est normal avec toutes ces nuits de mauvais sommeil ! Je ne suis pas étonnée ! Restez au lit ! Je vous apporte votre petit déjeuner ! Toujours le même ? Café au lait et tartines beurrées ?

- Oui, avec de grosses tartines !

Il fit le point, se conforta, se rassura. C'était le samedi du grand oral. Daphnée, la sœur sublime tant vantée par « le marquis », arrivera dans l'après-midi. Il aura le temps de s'installer dans sa chambre de directeur… Ce changement sera rapide. Il ne voulait pas porter ni les vêtements, ni les costumes de Thierry. Il invoquerait qu'ils sont devenus bien trop grands et que la mode avait changé…

Ce petit-déjeuner, calé dans ses oreillers, lui parut le summum de sa vie de nabab. Hortense s'était permis, sur le conseil de « sa » mère, d'ajouter un verre de jus d'orange et deux œufs au plat. Il dégusta doucement ses tartines. Il avait à peine terminé quand « sa » mère toqua à la porte pour lui souhaiter le bonjour en lui apportant le journal. Elle l'embrassa et lui dit :

- Restez un peu au lit… Reposez-vous, vous le méritez bien… après tout ce que vous avez vécu. Pour ma part, je cours à l'usine ! Je serai rentrée pour le déjeuner !

Il n'avait jamais eu de « mère » aussi prévenante….

Attente anxieuse.

« Thierry » déménagea ses affaires dans la chambre directoriale. Elle lui plaisait bien ! Il en fit le tour plusieurs fois, ouvrit la porte-fenêtre, sortit sur le balcon pour y admirer le paysage, le jardin et plus loin, les arbres du petit bois dont les feuillages se teintaient des belles couleurs de l'automne. Il admira la bibliothèque et songea qu'il commencerait aujourd'hui même son immersion dans la culture « bourgeoise. » Son regard parcourut longtemps les étagères.

- Que de trésors, se disait-il. Commençons par un roman amusant !

Il prit « Nana » de Zola, s'allongea sur la méridienne et dégusta les merveilleuses pages. Au bout d'une demi-heure de lecture attentive, il se leva pour un petit tour de propriété.

- N'oublions pas de nous adonner à un peu d'exercice physique ! Une meilleure connaissance de « mon » domaine est souhaitable avant le grand oral, se dit-il.

Il sortit et ne put s'empêcher d'aller admirer sa rutilante Buick. Il la décapota. Elle était encore plus belle ainsi. Il pensa :

- Mon ami m'a fait un très beau cadeau. C'est ma récompense, une sorte de salaire de la peur d'être découvert…

Il continua sa promenade, sorte de visite complémentaire pour imbiber sa mémoire de détails nécessaires afin de montrer qu'il connaissait parfaitement les lieux. Il avait plu la nuit précédente. De bonnes odeurs aromatiques montaient des framboisiers ou des cassissiers. Il s'arrêta longtemps près de la roseraie. Les fleurs étaient petites et très odorantes. Leur parfum embaumait le jardin. Beaucoup de pétales jonchaient le sol, emportés par le vent et la pluie de la nuit. Il s'amusa à comparer leurs fragrances d'une variété à une autre.

- Magnifique !

Elle était inattendue et merveilleuse, cette roseraie, même en partie défleurie. Il ne l'avait pas remarquée la veille parce qu'elle était située tout au fond, à droite, et, avec « sa mère », ils avaient coupé par l'allée centrale pour saluer le jardinier.

Il fit le tour du bois d'agrément ; cela lui donna envie d'essayer les vélos. Il redescendit dans la remise où ils étaient entreposés… La bicyclette d'adolescent était un peu petite pour ses grandes jambes. Il remonta la selle et regonfla les pneus. Il s'élança sur les allées du potager puis du bois. La piste était légèrement inclinée dans les virages ; il put prendre de la vitesse. Ce fut un réel plaisir. Il songea :

- Sur le plateau de la Viadène, quand il était ouvrier agricole, la bicyclette représentait le moyen le plus rapide, le plus pratique pour se rendre au travail. Elle devenait un agréable moyen de locomotion pour se promener, se distraire et s'affronter dans des courses poursuites avec les jeunes du canton.

Des branches basses l'obligeaient à s'aplatir sur le guidon.

- C'est dangereux ; demain, je les couperai !

Les hivers, avec le père Rigal et son frère Mathieu, ils allaient couper du bois dans la forêt communale du « bout du monde », cette célèbre forêt où ils s'étaient cachés pour échapper au service obligatoire du travail (S.T.O) pendant la guerre et où ils avaient fait leurs premiers pas dans la résistance.

- C'est fini, tout ça ; je ne couperai plus de bois. Je dirai à Léon de couper ces branches basses.

Il rentra et feuilleta le « Parisien » au salon en attendant « sa » mère. Sa ponctualité se vérifia… A midi trente, Hortense put amener l'entrée.

- J'ai prévenu Daphnée de votre retour ! Je lui ai exceptionnellement téléphoné à l'hôpital. Comme elle était heureuse ! Elle est impatiente de vous serrer dans ses bras. Elle va faire tout son possible pour arriver de bonne heure !

Le cœur de « Thierry » battit la chamade. S'il passait cette dernière épreuve, il serait victorieux… définitivement !

- A quelle heure arrivera-t-elle ?

- Tôt, pour elle, compte tenu d'un possible engorgement de la circulation à la Porte de la Chapelle ou à Saint-Denis, c'est quinze heures environ…

Il avait encore plus de deux heures pour mijoter dans son trac !

L'arrivée de Daphnée.

Daphnée était interne des hôpitaux de Paris. Pour son premier poste, bien qu'elle visât un service d'ophtalmologie, elle n'avait pu obtenir qu'une place en hématologie à l'hôpital Saint-Louis. Cette matière la passionna d'emblée. En 1954, l'hématologie balbutiait et les progrès acquis d'année en année étaient d'autant plus importants que cette branche de la médecine démarrait. On en était encore à la description des symptômes et à la classification des différentes maladies. Les essais thérapeutiques commençaient à entraîner des rémissions. C'est à cette époque que le service d'hématologie de Saint-Louis acquit des débuts de notoriété.

Elle quitta le service à treize heures, passa à l'internat manger un morceau en vitesse et courut vers sa petite Austin rouge pour se jeter sur la route. Elle était impatiente de retrouver son frère, longtemps son compagnon de jeu, son confident et quelquefois son protecteur. Elle aimait son côté para, mauvais garçon et aventurier et l'admirait beaucoup. Elle, la petite fille modèle, forte en thème qui réussissait ses examens du premier coup, ne pouvait éprouver de l'admiration que pour les baroudeurs virils et aventuriers. Ses collègues scientifiques et studieux la laissaient de marbre et si elle était capable de rire avec eux, ils n'émouvaient pas ses cordes sensibles.

A Domont, situé à cette époque au milieu des champs, elle prit son envol sur la nationale bombée et pleine de nids de poule, cent au compteur ! L'Austin ronflait, vibrait de partout, cahotait sur les bosses à toute allure. Elle tenait le volant d'une main ferme en pensant :

- Si un jour je tombe amoureuse au point de me marier, ce sera avec un homme, un vrai, un gars un peu comme mon frère : un baroudeur viril et généreux qui n'a peur de rien et affronte les dangers en les regardant en face.

De son côté, « Thierry » tournait en rond en attendant l'instant fatal ! Comment était cette sœur dont « le marquis » avait si souvent vanté les mérites et la beauté ! Bêcheuse ? Compliquée ? Hautaine ? Bourgeoise instruite, cultivée et donneuse de leçon ? Il en avait peur ! Pourtant, dans la brousse ou bien avant, à l'école des sous-officiers, « le marquis » lui avait juré qu'elle était au contraire sympa, vive, très copine, plaisante et joueuse ! Il aurait voulu avoir une photo afin d'être moins surpris. Il se mit à la recherche de l'une d'elles. En arpentant les différentes pièces de la maison, il n'en trouva pas. Si ! Il se souvint que sur la table de nuit de la chambre d'enfant de Thierry, se trouvait un cadre. Il monta à l'étage. En effet, elle était là. On pouvait voir sur cette photo en noir et blanc, Daphnée dans une robe de première communiante. Un voile sur sa tête cachait ses longs cheveux châtains et à son côté se tenait son grand frère très fier, semblait-il, de sept ans son aîné, dans un élégant costume sombre. Elle paraissait déjà grande pour ses douze ans et son visage poupin avait des traits réguliers, éclairés d'un sourire de bonheur qui creusait deux petites fossettes sur ses joues rondes. Il n'était pas plus avancé. Entre la Daphnée de la photo et la Daphnée actuelle, il y avait douze ans, un gouffre…

Il sortit ouvrir le grand portail, jeta un coup d'œil sur l'horizon, vers Paris : Pas d'Austin rouge. Une brume d'automne montait déjà, mais il était encore trop tôt. Hortense le vit tourner en rond. Elle lui dit le sourire en coin :

- Monsieur le directeur s'impatiente ?

- Alors, c'est fini le tutoiement amical de « Thierry » ?

- Votre mère m'a demandé de vous vouvoyer ! Vous êtes entré en fonction. Vous n'êtes plus un gosse ! Maintenant, c'est vous le patron !

- Il faudra que je m'y fasse !

- Je suis sûre que vous ferez un bon patron ! Vous en avez l'étoffe !

- Merci de m'encourager !

Il remonta dans « sa » chambre pour lire quelques pages de « Nana ». C'était le plus sûr moyen de calmer son trac. Enfin, il entendit vrombir un moteur, les cailloux blancs grincèrent. On coupa le contact. Elle était là ! Il sortit sur le balcon pour s'en assurer. Une ravissante blonde s'extrayait avec difficulté de la petite voiture. Il déboula dans l'escalier et s'arrêta, interdit devant la femme superbe qui s'avançait vers lui, un grand sourire aux lèvres. Elle ouvrit ses bras en criant :

- Mon frère ! Enfin, tu es revenu !

- Daphnée ! répondit-il et il se jeta dans ses bras ouverts.

Quelle était sa surprise ! Cette femme, cette « sœur » était son idéal féminin, celui que son imagination avait forgé au gré des lectures de magazines de cinéma ou autres : Grande, blonde, élancée, souriante… Ils s'étreignirent et s'embrassèrent longtemps. Comme cette femme sentait bon, si bon qu'il en était troublé !

Elle le lâcha enfin, se recula de deux pas pour mieux le jauger et s'écria :

- Ce n'ai pas vrai ! On m'a changé mon frère !

« Thierry » encaissa ce direct au cœur. Bien que son visage restât impassible, souriant, son esprit craintif trembla ! Il se dit :

- C'est foutu ! Elle ne me reconnait pas comme « son » frère ! Je me contiens, j'attends la suite ! Annoncera-t-elle dès maintenant mon échec ?

Deux secondes longues comme l'éternité, passèrent pendant lesquelles le regard de Daphnée parcourut sa chevelure, son visage, son torse et son abdomen, ses bras et ses jambes. Comme pour conclure, elle s'écria :

- Ce n'est pas possible comme ils t'ont changé ! Toi qui étais si beau, si fort ! On dirait une pauvre larve, toute flétrie et mal nourrie !

« Thierry » connaissait ces instants intenses où tout bascule, où si l'on ne tue pas, on est tué ! Il avait aimé ces moments d'intense combat où l'adrénaline coulait à flots saccadés dans ses veines ! C'était presque pareil ! Il était fusillé par ces deux yeux noirs à l'intense brillance ! Il se sentit rougir. Une bouffée d'angoisse monta en lui. Elle se concrétisa par une petite transpiration froide imperceptible. C'était terrible… mais rien à voir avec le regard implacable des commissaires politiques ! Non, de la bonté s'irradiait de ce regard, de ce visage détendu et joyeux… Encore une fois, sa bonne étoile retourna la situation qu'il avait perçue comme désespérée. De nouveau, elle se jeta dans ses bras pour l'embrasser. Son cœur battait à se rompre :

- Mon pauvre frère, comme tu as dû souffrir !

L'usurpateur d'identité se dit à lui-même : « Ouf ! Le danger s'éloigne ! J'ai eu chaud ! Est-ce une pause, un petit instant de répit avant la prochaine estocade ? Ou ma victoire est-elle définitive ? Faudra-t-il livrer ce combat chaque jour ? Avec ce regard observateur qui parait percer mes secrets et bouscule le masque de franchise dont je me suis paré, avec ces yeux qui me pénètrent jusqu'à l'intérieur du corps, jusqu'au fond de mon âme, il me semble que rien ne sera jamais acquis définitivement ! J'aurai toujours peur de me trahir quand je serai en compagnie de « ma » sœur !»

Il la pressait très fort sur sa poitrine comme pour lui démontrer que sa vaillance était déjà un peu revenue…

« Leur mère », accourue derrière « Thierry, » intervint :

- Allez, finissez ces embrassades ! Entrez donc !

Daphnée abandonna ses affaires dans l'entrée et s'assit au salon en face de « son » frère. Elle ne le quittait pas des yeux, continuant son analyse, le rose aux joues, en proie visiblement à une profonde émotion et à des raisonnements contradictoires…

« Thierry » n'osait pas rompre ces quelques minutes de silence bienfaisant. Il aurait payé cher pour connaître les pensées qui se dissimulaient derrière ce front bombé, ces yeux noirs et brillants dans lesquels étincelaient des éclairs d'intelligence et de vie. Cette « sœur » l'impressionnait. Il ne savait plus très bien où il en était. Etait-ce l'émotion de ce difficile examen de passage pour devenir le vrai Thierry de Chateaurenard ? Ou était-ce simplement la jolie femme, cette femme rêvée depuis longtemps et dont il se trouvait subitement en présence, et qui devrait rester à tout jamais « sa » sœur ?

Lui aussi procédait à l'examen minutieux de cette ravissante femme. Elle restait encore pour lui une étrangère, une mystérieuse et jolie étrangère ! Il fallait qu'il se fasse à l'idée que c'était « sa » sœur, que ce ne serait jamais que « sa » sœur ! Il ne pourrait jamais transgresser le tabou de « l'inceste » ! Il notait les chaussures fines à hauts-talons rouges de la même couleur que l'Austin ! Il appréciait ses jambes fines gainées de bas nylon, couleur chair, et ses jolis genoux qu'elle avait croisés, et, laissaient entrevoir de divines cuisses… Il était subjugué par cette jupe moulante et cette veste cintrée sur un corsage de pétulance moyenne.

- Hortense ! Vous pourrez servir le thé ! fit « leur » mère.

- As-tu été bien soigné à l'hôpital de Haï Phong ? reprit Daphnée.

Il nota pour la première fois cette voix claire, cristalline, musicale et élégante, très parisienne, qui s'exprimait avec un certain panache et allait droit au but.

- Oui ! Je collectionnais les maladies tropicales : Palu, amibiase, staphylococcie sans oublier la dénutrition. Je n'avais plus que la peau et les os. Quinze jours de captivité en plus, et je mourais comme la plupart de mes camarades ! Je ne revoyais plus notre douce France, ni « ma » mère chérie, ni « ma » douce Daphnée. Je pesais quarante-cinq kilos pour un mètre quatre-vingt-cinq ! J'ai eu du mal à monter à bord du bateau, mais je ne voulais pas craquer et être embarqué sur une civière. J'ai eu cette fierté !

- Je vais t'examiner tout à l'heure pour voir si tu es bien guéri !

- Ce n'est pas la peine, les dernières analyses étaient bonnes, et le médecin-commandant m'a déclaré guéri. Ce n'est plus qu'une question de temps, de bonne alimentation et d'exercices musculaires modérés…

- Tant mieux ! Mais, je vais quand même t'examiner !

Il essaya de protester, de lui démontrer que c'était peine perdue :

- Tu sais, j'avais déjà regagné plus de dix kilo à la dernière visite médicale, sur le bateau, juste avant le débarquement à Marseille. Je suis encore fatigué, comme las à l'intérieur. Le médecin m'a expliqué que c'était un syndrome post-traumatique ; il va s'estomper avec le temps et en me réhabituant à une vie normale.

- Je veux quand même t'examiner !

Quel entêtement ! Cette volonté farouche ne permettait pas de refus… Après le traditionnel thé, Daphnée alla chercher sa mallette de médecin et ils montèrent dans la chambre de « Thierry » suivis de « leur » mère, curieuse aussi de constater plus avant l'état de « son » fils.

- Allez, déshabille-toi ! Tout nu ! Je t'examine complètement des pieds à la tête… Garde ton slip, je vois que tu es gêné. Nous sommes « ta » mère et « ta » sœur. Il n'y a pas de pudeur entre nous. Nous avons pris longtemps notre bain ensemble, que diable !

- Oui, mais j'ai honte de mon état cachectique, malgré ma reprise pondérale déjà importante…

Son examen médical fut complet et très long. Elle s'attarda sur toutes les cicatrices cutanées de furoncle ou de blessure. Elle lui palpa l'abdomen avec minutie. L'auscultation cœur-poumon fut soigneuse. Il avait pris le parti de se laisser faire, d'attendre la conclusion. Le regard inquisiteur de ces deux femmes l'inquiétait. Un détail infime pourrait-il le trahir ? Un point de beauté, une tâche lie-de-vin manquante suffiraient pour leur mettre la puce à l'oreille. Dans la jungle, « le marquis » n'a sûrement pas pensé que sa sœur, médecin, pourrait procéder à une identification approfondie ! Il était certain que leur ressemblance était patente parce que beaucoup de leurs camarades les confondaient… Est-ce que celle-ci se prolongeait jusqu'aux moindres détails ? Il y avait sûrement une faille dans cette transposition un peu trop simpliste ! Ils étaient ressemblants, certes, mais pas identiques ! Quand il prenait des douches collectives à l'école des sous-officiers ou de parachutisme, ils avaient omis de se comparer dans le moindre détail… Savaient-ils que l'un prendrait plus tard, la peau de l'autre ? « Thierry » se faisait déjà une raison. A l'issue de ces investigations, sa fourberie serait dénoncée. Il s'apprêtait déjà à vivre quelques instants difficiles, quand le verdict tomba :

- Allez ! Tout est parfait ! Je crois que tu reviens de loin ! Continue à te requinquer et dans quelques mois, il n'y paraîtra plus rien, au moins sur le plan physique. Quant au plan psychologique, nous t'aiderons à t'en sortir, n'est-ce pas, maman ? Pour l'usine, il faudra que maman t'aide et qu'elle te soutienne longtemps ! C'est une tâche ardue pour quelqu'un qui sort de l'enfer. Pour tenir ce poste clé, il faut être solide, ne pas se laisser déstabiliser par des critiques injustes, surtout si des difficultés surgissent !

Ouf ! Il pouvait se rhabiller… Il avait gagné encore une fois ! Il pensa que Daphnée savait… Elle n'était peut-être pas certaine à cent pour cent, mais elle avait noté un détail qui la chiffonnait… Elle chercherait à le piéger dans un autre domaine !

Bon ! Pour l'instant, tout allait bien ! Il continuerait sans se décourager. Il avait eu chaud ! Soulagé d'un grand poids, il avait besoin de sortir. Il se rhabilla sous leurs regards croisés, toujours aussi troublé.

- Si nous allions à Beauvais ! J'aurais besoin d'un costume à ma taille, les autres sont beaucoup trop grands !

- Très bonne idée, et profitez-en pour vous promener et, allez au cinéma, dit « leur » mère. Je resterai à la maison…

La magnifique Buick démarra au quart de tour. Il manoeuvra sans difficulté la boite de vitesse automatique et ils s'élancèrent sur la route nationale. Beauvais n'était qu'à vingt kilomètres. Il stationna sans hésiter près du centre-ville. C'était la première fois que « Thierry » mettait les pieds dans cette ville, mais il était censé avoir passé trois ans en pension au lycée Félix Faure suivis de cinq autres années au lycée Saint-Esprit ! Les jeux étaient serrés. Daphnée ne manquerait pas de noter une anomalie. Il prit le parti de parcourir la rue principale qui d'ailleurs était l'ancien parcours de la route nationale avant que celle-ci ne soit déviée par les boulevards.

- Une petite marche nous fera du bien.

- Le grand air, le vent frais va te fouetter le sang !

Beauvais avait été pratiquement rasé par les bombardements allemands de 1940. La mairie avait encore des échafaudages et la place Jeanne Hachette était encombrée par les baraquements provisoires des magasins détruits. « Thierry » était très étonné par ce chaos de grues et de travaux. Il ne montra pas sa surprise et eut le mot juste :

- La reconstruction avance.

- Encore quelques années, et la ville sera toute neuve !

Ils marchaient l'un à côté de l'autre. Daphnée avec ses hauts-talons était presque aussi grande que lui. Elle se rapprocha :

- Je peux te prendre par le bras ?

- Oui, bien sûr !

Ils formaient un beau couple. Les passants les prenaient pour des amoureux tellement Daphnée se plaquait contre « son » frère. Ce contact avec cette jolie fille, qu'il ne connaissait pas deux jours auparavant, le gênait beaucoup. Sa chaleur, son parfum, cette douceur lui auraient beaucoup plu si elle n'avait pas été « sa » sœur ! Dans son rôle de frère, il se sentait mal à l'aise et était déterminé à continuer sur sa lancée. Il pensa même que sa partenaire s'amusait à le provoquer. Jusqu'où irait ce petit jeu ? N'allait-elle pas l'acculer là où il ne voulait pas en venir ?

Ils passèrent devant chez Devred et regardèrent les costumes exposés en vitrine. « Thierry » manifesta son désir d'entrer. Daphnée le retint par la manche :

- Je crois que Médieu vient de s'installer dans des nouveaux locaux, rue des Jacobins. C'était là que se fournissait papa. Toi, tu préférais aller à Paris. Allons voir chez Médieu, c'est plus chic !

- Je ne pense pas. Devred, c'est très chic !

Il était sur des charbons ardents. Si elle voulait, elle pouvait le coincer. Il suffisait qu'elle pose une question précise… Il était sur ses gardes !

Ils trouvèrent ce magasin un peu plus loin. C'était encore un magasin provisoire en attendant que les grands locaux de la place Jeanne Hachette soient finis de construire. Il opta pour une veste en tweed de couleur sur un pantalon gris foncé en tergal, une chemise de flanelle et une cravate de lainage écossais, ainsi qu'un long manteau de laine.

- Tu fais très British. Tu vas bientôt faire craquer les jouvencelles !

- Je voudrais bien. Pour l'instant, je les fais fuir !

Ils remontèrent la rue Gambetta. Le nouveau cinéma « Les Variétés » venait d'ouvrir.

- Je ne savais pas qu'il était ouvert. Il y a si longtemps qu'on annonçait son ouverture prochaine !

- Moi, non plus. Dans la brousse à part le cinéma de propagande….

On jouait un film unique : « La comtesse aux pieds nus » avec Humphrey Bogart et Ava Gardner.

- Formidable ! Séance à vingt-et-une heures !

- On va manger un morceau chez Germaine, place du marché !

« Chez Germaine » était une brasserie-restaurant au décor rustique et campagnard, à la cuisine réputée. On y mangeait des plats de cuisine traditionnelle. C'est ce qu'il fallait à notre « Thierry » dont l'appétit s'accroissait de jour en jour. Tandis que Daphnée se contentait de la salade du jour et d'un filet de saumon grillé, il prit une entrée jambon de pays suivie d'une blanquette de veau avec du riz, puis des profiteroles au chocolat. Pour ne pas se faire piéger, il contrôla la conversation en parlant abondamment de sa captivité sans insister sur les détails morbides… Daphnée, assise en face de lui, écoutait son récit. Ses yeux dans lesquels se lisait toute l'admiration devant le courage de « son » frère, se mouillaient souvent. Elle les épongeait avec un petit mouchoir brodé sur lequel on pouvait lire en lettres rouges sur un fond blanc, son prénom. Les gens autour d'eux regardaient ce couple étrange. Ils étaient subjugués par cette femme si belle qu'une espèce de mauvais garçon, ressemblant à une momie, faisait pleurer… L'heure du film arriva vite et ils se précipitèrent au cinéma.

A cette époque, le film était toujours précédé des actualités suivies d'un court métrage. Celles-ci venaient de commencer. A l'entracte, l'ouvreuse leur proposa : « Bonbons, esquimaux, chocolats.» Ils choisirent des caramels Dupont d'Isigny.

- A ce régime, tu auras vite fait de récupérer ton poids !

- Et, j'espère mes muscles ! Demain, tu es partante pour un tour de bicyclette ?

- Non… Je te laisserai aller seul ! J'ai une revue médicale à lire et un exposé à préparer à partir de cette lecture.

Le film leur plut beaucoup. Ils s'amusaient à des commentaires comiques et c'était surtout la joie de « se retrouver » et de sortir ensemble qui les rendaient heureux.

La Buik fonçait dans la nuit. Seule, au milieu de la route bombée, dotée de puissants « pleins phares » elle éclairait loin devant elle. Elle se balançait sur sa suspension souple comme un paquebot en pleine mer et semblait sauter d'un cahot à un autre. Daphnée avait mis son siège en position semi-allongée. Elle était assise de guingois comme pour mieux observer « son frère. »

« Thierry » allait mieux. Il sentait cette étincelle de vie reprendre puis crépiter en de longs éclairs de joie. Une flamme de bonheur réchauffait son cœur. C'était la présence de « cette sœur » qui en était la cause. Il sentait toute sa confiance, toute son admiration, son amitié et son amour… Il était attentif à sa route et quand il jetait un regard de côté, il voyait son corps élancé de jeune femme dans son manteau de cuir noir. Elle était jolie… Elle était désirable ! « Elle ne manque pas de charme » se disait-il. Ses longs cils noirs abaissés laissaient filtrer de longs regards pleins de sérénité. N'y aurait-il pas quelques ruses dissimulées derrière ces paupières ? Ce visage d'ange n'abriterait-il pas quelques pensées démoniaques à son encontre ? Il avait failli quand elle lui avait dit : « Médieu, te rappelles-tu, le fournisseur de papa ? » Il avait été décontenancé… C'était cependant passé en douceur comme si de rien n'était… Tout juste ! Ce soir, il dormirait tranquille…

Il rangea « sa » belle voiture dans le garage. Ils montèrent l'escalier ensemble. Il l'embrassa sur les joues comme un frère.

- A demain !

- Viens me retrouver dans ma chambre, je n'ai pas sommeil ! Nous discuterons du bon vieux temps… Nous avons plein de choses encore à nous raconter… disait la voix douce et suppliante de Daphnée…

- Excuse-moi, j'ai du sommeil en retard ! Allez, à demain !

Il disparut dans sa chambre sous les yeux déçus de « sa sœur » !

Premier dimanche.

« Thierry » fut réveillé par une discussion orageuse. Il regarda son réveil : Neuf heures trente. Il entendit à travers la porte fermée, sur un ton qui lui parut plein de colère, « sa » mère tempêter :

- Ecoutez, Daphnée ! Quand on est une jeune fille de bonne famille, on ne dort pas toute nue ! Vous vous rendez compte ! Nue comme un ver ! Ce n'est pas correct !

- Mais, maman…

- Non, non, et non ! Je ne veux pas que ma fille dorme toute nue ! En voilà des manières, vous n'êtes pas une fille de mauvaise vie !

- Bien sûr ! Mais, maman, c'est la mode ! C'est très agréable et très hygiénique ! Vous devriez essayer ! Vous y trouveriez du plaisir, beaucoup de plaisir !

- Que va-t-elle chercher, celle-là ! Du plaisir à dormir toute nue ! Vous allez plutôt vous enrhumer ! Ma fille ose dormir toute nue ! C'est un scandale !

Il entendit Daphnée rire aux éclats et sa mère claquer la porte, puis descendre les escaliers de bois qui craquèrent sous les pieds courroucés de « leur » mère.

Cette discussion le mit de bonne humeur. Il sourit d'aise. Il avait une « sœur » moderne et une belle journée devant lui !

Il paressa un long moment dans son lit ! Comme c'était bon ! Après tous ces jours passés sur des lattis de bambou avec les moustiques, les mouches et les cafards qui rendaient le sommeil impossible… Puis il se leva, tira les rideaux, ouvrit fenêtre et volets. Il sortit quelques instants sur « son » balcon. L'automne était là avec ses belles couleurs, sa fraîcheur et son ciel gris. Le tour de bicyclette projeté était possible. Il prendrait contact avec cette campagne qu'il avait intérêt à connaître mieux…

Il lut quelques pages de son roman dans le silence de cette gentilhommière dont il appréciait de plus en plus les avantages. Hortense était de congé, il ne bénéficierait pas d'un second petit-déjeuner au lit !

- Dommage ! Après un rapide passage à la salle de bain, je le prendrai à l'office.

Il se leva et alla toquer à la porte de la salle de bain qui était fermée. Pas de réponse ! Il entra. Daphnée barbotait dans son bain. De son corps immergé, elle ne dévoilait que la tête, les bras et les épaules. Ses longs cheveux étaient relevés en chignon.

- Oh ! Excuse-moi ! Je ne savais pas…

- Entre, n'aie pas peur… Tu étais moins timide quand tu me taquinais jadis !

Il était gêné, mais puisqu'on l'y invitait, il décida de se raser au lavabo en présence de « sa » sœur. La captivité lui avait appris que se raser de près avec un savon à barbe qui sent bon la lavande, était un luxe extraordinaire. Il la voyait dans la glace. Elle s'amusait à lui faire des grimaces, lui tirait la langue en sortant un sein de l'eau, puis l'autre, avant de les immerger de nouveau. Il répondit par des mimiques comiques tout en se hâtant…

- Tes tortionnaires t'ont rendu timide ! Ce n'est pas vrai ! Où est le frère qui me cachait mes petites culottes et mon soutien-gorge ?

- Ce n'est pas la sœur qui m'impressionne, c'est le docteur ! J'ai l'impression que tu vas me trouver une maladie et je préfère me sauver !

Ce qu'il fit sans s'attarder sous les moqueries de « sa » sœur.

- Ouh ! Ouh ! Le para a peur d'une femme à poil !

Son rire cristallin et moqueur résonna sur les murs de la salle de bain… Il descendit l'escalier quatre à quatre et trouva « sa mère » à l'office.

- Asseyez-vous, je vous prépare votre petit-déjeuner !

Sans même lui demander, en plus du café au lait, elle ajouta deux œufs au plat. Satisfait, il ajouta :

- Je vais être vite requinqué !

- Ne vous laissez pas moquer par Daphnée ! Je ne sais pas ce qu'elle a, mais depuis qu'elle a été reçue à son concours de l'internat, elle est devenue impossible ! Et, insolente avec ça !

- Ce sont des moqueries bien sympathiques !

Il enfourcha sans plus tarder son vélo. Son but était de visiter le village, d'explorer les petites rues et les recoins. Il passa devant l'usine de boutons, située à côté de l'école des filles. Il lut la petite pancarte à droite de l'entrée : « Etablissement Chateaurenard. »

« Voilà l'usine dont je suis le directeur potentiel. Au moins, je sais où elle est ! Je serai moins bête ! » se dit-il.

Il admira la haute façade de briques roses, pas encore noircies par le temps. De grandes baies vitrées semblaient éclairer les ateliers.

« Ces locaux sont récents et modernes. Les Chateaurenard ont su investir et prendre le virage de l'après-guerre ! »

Il alla jusqu'au hameau du Petit-Fercourt, puis revint par le haut du plateau.

- Maintenant, je vais faire un grand tour à la campagne. Thierry m'a souvent parlé de son Sainte-Geneviève situé sur une colline, dominant les alentours.

Il s'engouffra dans la descente de Bonvillers. C'était un chemin de terre, caillouteux avec des ornières. Il allait vite, guettant les pièges qui pourraient le désarçonner. Dans les virages, sa roue arrière dérapait sur les graviers. Il appréciait ce paysage varié de forêts, de prés et de champs labourés. Lui, le montagnard, Il n'aurait pas aimé échouer dans un pays plat, rectiligne et monotone. Ce Sainte-Geneviève « paradisiaque » ne manquait pas de charmes, peut-être moins que son Sainte-Geneviève à lui, constitué de montagnes, de rocs, de gorges et de paysages fantastiques comme celui de Beauregard… Le sien lui rappellerait toujours son dur passé d'ouvrier agricole et de berger. Il allait y retourner, peut-être pour la dernière fois. Il devait aller voir sa mère, sa vraie mère pour la rassurer…

La veille, il avait senti comment sa position actuelle était fragile, lui, le patron par la seule volonté « du marquis » agonisant et le suppliant de prendre sa place. C'était incroyable pour lui, cette place de pacha. Ce n'était pas possible ;

il rêvait ! Il avait peur de se réveiller dans la fermette de Mels. Il risquait un jour ou l'autre de tomber de ce piédestal… Il paierait cher… peut-être par quelques années de prison, son crime d'usurpation d'identité. Après, serait-il bien content de retourner « au pays, » dans ses montagnes et de s'acheter une petite ferme ? Rien n'est définitif, se disait-il en pédalant hardiment. Le maillon faible de cette aventure excitante est Daphnée. Son sort dépendait de cette jolie femme. Elle le tenait. Elle lui tendrait un piège. « N'était-ce pas un petit guet-apens ce matin, pour voir comment j'allais me comporter devant une « sœur » à poil dans son bain ? » Il ne devait pas succomber à ses charmes… Il la voyait venir quand elle le regardait droit dans les yeux. Son regard étincelant jusqu'à la ruse, semblait sonder son âme.

Il était prisonnier de son serment et plus encore de la charmante et dangereuse Daphnée…

Retour au pays.

« Thierry » avait décidé de se libérer de son devoir dès que possible. Au déjeuner, il tint le discours suivant :

- Je dois m'acquitter d'une promesse faite à mon ami Marcel Rigal. Il est décédé dans la brousse du Tonkin et je lui ai promis d'aller voir sa mère pour lui raconter comment il a été courageux, comment il a lutté pour ne pas mourir… Je ne ferai que l'aller-retour par le train la semaine prochaine. Ses parents ont une petite ferme près d'Aurillac…

- Si tu veux, tu viens à Paris avec moi ce soir… proposa Daphnée.

- Bonne idée, et je prendrai le train de nuit pour Aurillac !

Vers dix-sept heures ils embrassèrent « leur » mère. « Thierry » eut du mal à se caser dans la petite voiture. Il repoussa le siège au maximum et malgré tout, ses genoux dépassaient le tableau de bord. Daphnée adoptait une conduite sportive. Elle aimait faire ronfler le moteur, rétrograder, accélérer à fond, freiner au dernier moment, toujours avec le sourire aux lèvres.

- Le para, a-t-il peur ?

- Non, mais, pourquoi conduis-tu si vite ? Nous ne sommes pas pressés !

- J'aime bien… Une habitude ! J'ai l'impression de vivre à cent à l'heure ! Je t'emmène directement à la gare d'Austerlitz ?

- Si tu veux, sinon, tu me déposes quelque part et je finis le trajet à pied ! J'aime bien marcher dans les rues de Paris.

- A quelle heure sera ton train ?

- Les trains de nuit partent toujours vers vingt-et-une heures.

Elle le laissa devant la gare.

- Quand tu reviendras, passe par mon appartement, place Clichy. Je te ferai visiter mon antre de jeune femme célibataire !

Ce train express n'était pas doté de couchettes. Il prit un billet de première classe - il devait s'habituer au luxe ! - et trouva un compartiment libre où il put s'allonger sur la banquette. Il était heureux et impatient de revoir sa mère et son pays. Le train avait des sifflements angoissants qui résonnaient dans sa tête comme les ultimatums des bo-doïs des camps de la mort. Ces nuits passées à voyager étaient synonymes de mauvais sommeil, voire d'insomnie. Son cerveau repassait, analysait les derniers évènements. La dernière fois qu'il était allé dans son village, c'était l'an dernier à l'occasion de sa permission de quinze jours après sa réussite au grade de sous-officier. Il s'appelait encore Marcel Rigal ! Que de bouleversements depuis un an : le parachutisme, les combats de Dien Bien Phu, la reddition, l'enfer de la captivité, l'agonie et la mort du « marquis » qui avait fait de lui un « Thierry de Chateaurenard » d'opérette ! Jusqu'à quand ? Il avait peur que ce soit bref quand il passait par le crible de l'analyse d'une « sœur » dont l'intelligence pesait et comparait chaque mot, chaque phrase, chaque réponse qui sortaient de sa bouche, et même, chaque inflexion de sa voix… Comment faire ? Il sentait cette sorte d'épée de Damoclès peser en permanence sur son front. Il n'y a pas d'échappatoire à cette situation, ni de sortie de secours ! Il était coincé, prisonnier ! Jusqu'ici tout se passait bien comme « le marquis » l'avait prévu… Sûr que ce sont les premiers jours les plus difficiles. La mise en route, quand on a une connaissance forcément insuffisante de l'histoire, des habitudes et des mœurs d'une famille aisée et bourgeoise aux antipodes de la sienne de paysans pauvres du Rouergue. Les Chateaurenard avaient un passé dense dont il ignorait presque tout, malgré les longues confidences du « marquis ». Je suis condamné à broder, à inventer, à jouer ce rôle à perpétuité sous le regard amusé et moqueur de Daphnée… se disait-il. Daphnée… dont je serai toujours dépendant… dont je serai toujours l'otage… Que sait-elle ? Doute ou certitude ? Si elle jouait le jeu par égard pour sa mère ?

Son cerveau n'arrêtait pas de gamberger… Il dit tout haut :

- Allez, tu es en vacances, personne ne sait que tu t'appelles « Thierry de Chateaurenard » ! Tu peux être Marcel Rigal en dépit de tes papiers que personne ne te demandera !

Il rit et dit tout haut :

- Bonjour Marcel Rigal ! Bienvenue au pays !

Quand il sortit de la gare d'Aurillac, le car pour Sainte-Geneviève sur Argence ronflait déjà. Le train avait pris une demi-heure de retard !

- Pas le temps de boire un café ! Tant pis ! se dit-il.

Il se cala sur la banquette arrière. C'était une vieille habitude de Marcel de se laisser cahoter à l'arrière en observant les gens qui montent et descendent au fur et à mesure du parcours. Il ferma les yeux. Ces voyages de nuit étaient éprouvants… A Mur de Barrez, le chauffeur annonça dix minutes d'arrêt. Il se précipita sur la boulangerie la plus proche et se munit de deux croissants et d'une baguette de pain. Il s'installa à la terrasse d'un café d'où il pouvait voir le chauffeur revenir vers son véhicule. D'ailleurs, celui-ci était au bar derrière lui. Il avala son grand café-crème et ses deux croissants. Quand le chauffeur passa à côté de lui, il lui tapa sur l'épaule et lui dit :

- Si je ne me trompe, vous êtes un fils Rigal de Mels ? Marcel ou Mathieu ?

Son sang ne fit qu'un tour. Il était pris au dépourvu… Officiellement, Marcel était mort, il dit :

- Mathieu ! Vous m'avez reconnu ?

- Au village, avec ton frère Marcel et tous les autres, vous êtes des héros de la résistance et de la libération ! On parle toujours de vos exploits avec Pierre Cazes et le pauvre André Paulhac qui a été tué dans l'embuscade de la route nationale de Chaudes-Aigues. Tu as bien changé ! On doit sûrement appeler ça… un coup de vieux !

- C'est ça le temps qui passe !

Ils rirent. C'était bon, le pays !

- Allez, en route, dit le chauffeur sur un ton amical.

Marcel se réinstalla au fond du car. « Qui était cet homme qui avait identifié un fils « Rigal » au premier coup d'œil ? » Il explora sa mémoire. Quel âge avait-il ? Il était plus jeune que lui… environ trente ans. « « J'ai trente-quatre ans. » Il revit la classe du certificat d'étude de 1934. « Lui, il devait être encore dans la classe des petits de Madame Bouyssou ou dans le premier cours chez Monsieur Bouyssou. » Il ne trouva pas. « Tant pis, mais, c'est un peu gênant ! C'est vrai qu'à la libération avec Pierre Cazes et André Paulhac, la vox populi avait fait de nous des héros. Cette notoriété devient gênante quand on veut passer inaperçu ! Je ne dois pas moisir ici ! Je cours voir ma mère et je repars ce soir ! »

- Je vous laisse à la route de Mels ?

- Parfait ! Merci !

Ouf ! Ce voyage en car était épuisant. Il descendit le village à grandes enjambées. L'air frais sentait l'automne. Il avait plu dans la nuit. Le sol était mouillé et des flaques d'eau remplissaient les ornières de la route. Rien n'avait changé. C'était toujours aussi beau, ces fermes en pierres de taille avec leur toit de lauzes. Chacune se caractérisait par une fantaisie : une grange plus haute, une tour ronde au coin de la bâtisse, une lucarne ou un chien-assis particulier. On ne rencontrait jamais personne dans les rues. C'était tant mieux. Il n'aurait pas à décliner son identité ! La charmante chapelle romane était toujours en bas. Des ronces et des genêts envahissaient ses alentours…

« Il y a du laisser-aller ! C'est nouveau dans ce pays de croyants… »

Marcel ne put s'empêcher de grappiller quelques minutes de bonheur. Le chemin qui menait à la forêt du « bout du monde » lui tendait les bras. Il s'engouffra entre un mur de pierre sèche et un fouillis de ronces et de genêts. Il courut le cœur battant jusqu'à la clairière. Les pierres et les rocs sur lesquels les trente ou quarante maquisards s'asseyaient autour du feu de camp, étaient toujours là. Des crottes de chèvres et de moutons étaient parsemées dans l'herbe verte. C'était la preuve que sa mère y venait toujours avec son petit troupeau. Les souvenirs affluaient dans sa tête en ordre dispersé. A cette époque, les temps étaient durs : couper du bois, le fendre comme un bûcheron, se cacher pour ne pas partir au STO, entrer en résistance les armes à la main !

« Chaque jour, on risquait d'être arrêté par la Gestapo ou de mourir dans une escarmouche ! Mais, c'était le bon temps… les rigolades avec les copains, le partage pas toujours facile, l'amitié ! »

Il prit le sentier qui menait à la grange qui les avait abrités ! Ce n'était plus qu'une ruine envahie par les ronces. Il voulut revoir les deux cavernes de la falaise des gorges de la Truyère. L'étroit chemin qui y menait, s'était écroulé et il était impossible de les atteindre sans se rompre le cou…

Il s'assit un moment sur une pierre de la clairière. Des larmes perlèrent à ses yeux. Là, étaient ses souvenirs les plus chers ; là, étaient ses racines. En devenant « Thierry de Chateaurenard, » il avait l'impression qu'il abandonnait ce cher passé qui avait fait de lui, un homme solide, nommé Marcel Rigal, celui qui avait combattu la Wehrmacht, celui qui avait résisté à une captivité inhumaine dans la jungle du Tonkin… Il s'essuya les yeux et s'en alla vers la fermette familiale sans oser regarder derrière lui comme s'il abandonnait une partie de lui-même...

La fermette des Rigal reposait toujours dans son écrin de verdure sur un fond flamboyant de forêts aux couleurs de l'automne. Un nuage s'écarta et un rayon de soleil l'éclaira. Elle respirait la tranquillité, le silence, son enfance, une sorte d'éternité. Les gouttes de rosée dans l'herbe mouillée de la pâture étincelaient à la lumière du jour. Marcel ouvrit le portail de bois. Les chiens sortirent de leurs niches en humant l'air. Ils reconnurent l'homme qui les emmenait à la chasse pendant ses permissions. Ils remuèrent la queue en signe de bienvenue. Marcel leur manifesta son amitié en les caressant en passant…

Sur le seuil, une paire de sabots de bois de petite taille témoignait de la présence de sa mère à l'intérieur. Il frappa à la porte comme aurait pu le faire un étranger. Sa mère se précipita :

- Mon fils ! Marcel ! On te disait mort… dans le village !

- Je suis bien vivant ! Mais, j'ai frôlé la mort ! Je l'ai vu prendre beaucoup de mes camarades…. J'ai résisté à ses coups redoublés et je suis venu pour te serrer dans mes bras !

Ils s'embrassèrent. Leur étreinte fut brève et chaleureuse. Les gens habitués à la dureté de la vie, sont brefs dans leurs embrassades.

La mère examinait son fils. Comme il avait changé ! Il était maigre et vieilli. Elle qui était si fière d'avoir des fils beaux et forts ! Comment se faisait-il qu'on ait pu abimer son ainé de la sorte !

- Tu es malade ? On dirait un moribond !

- Guéri ! En convalescence !

Il regardait sa mère. Elle n'avait pas changé : Cheveux gris, frisés, blouse grise, bas noirs et chaussons noirs ! Elle sentait toujours le fricot et la chèvre. Quel contraste avec le « Channel numéro cinq », les cheveux blonds et les tailleurs cintrés de « sa nouvelle mère ». Il était entré dans un monde opposé, différent, encore étranger et inquiétant pour un novice comme lui. Comme il se sentait bien auprès de sa mère dans la fermette de Mels !

- Entre donc, dit-elle.

Elle le précéda. D'un simple coup d'œil, il vit cette grande pièce à vivre, un peu sombre, avec sa grande table au milieu et sa cheminée au fond. Sa vue lui rappela les longues soirées d'hiver passées au cantou à griller des châtaignes avec ses frères et sœurs. Il se remémora les histoires du village qui vantaient le courage et la rudesse des anciens pour continuer à vivre dans la dignité et la liberté. A la lumière des héros de ces contes, il s'était forgé peu à peu. Rien ne changeait dans cette France profonde. C'était la continuité dans la tradition et la pauvreté… Ce temps-là, pour lui, était révolu. Il n'éprouverait plus ces émotions… Il devait construire sa nouvelle vie et se couper de ses racines. Dans cet endroit sacré qui avait bercé son enfance, il en mesurait toute la difficulté. Les dés étaient jetés. Le moment était venu d'en avertir cette mère bien aimée.

- Assieds-toi. Ton père est en journée. Il ne rentrera qu'à la nuit.

Il prit place sur le banc et s'accouda à la table. La raison de sa venue fut retardée d'un instant. Elle méritait d'être clairement exposée. Comment sa mère allait-elle admettre son histoire rocambolesque ? Il regarda la cheminée dans laquelle un bon feu grésillait. Au-dessus une marmite de fonte noire était suspendue à la crémaillère. Marcel huma l'air et reconnut le petit salé aux légumes du jardin. Sa mère suivit son regard :

- Nous allons nous régaler !

Il approuva avec un sourire au coin des lèvres. Ses yeux se levèrent au-dessus du foyer. Il y avait un grand absent : le portrait de Staline…

- Tiens, la maison est déjà déstalinisée ?

- Ton père a déclaré que c'était un tyran ! Il a décroché le cadre et l'a mis au feu.

- Moi, qui pensais que rien ne changeait dans la France profonde, voilà « le petit père des peuples » dégradé au point d'être démasqué et reconnu comme un tyran ! Je n'aurais jamais cru cet évènement possible tant la foi du « paternel » était profonde…

Ils rirent.

- Je ne contrarie jamais ton père qui, d'année en année, boit de plus en plus. Je crains que bientôt il ne trouve plus de journée et que nous soyons condamnés à vivre sur notre lopin de terre… La coopérative laitière ramasse le lait de nos deux vaches. C'est nouveau ! Cela m'assure un petit revenu.

- J'ai une grande nouvelle à t'annoncer ! Ce que je vais te dire est un grand secret. Personne ne doit le savoir, ni papa – qui est trop bavard au café quand il a bu - ni mes frères et sœurs ! Tiens-toi bien à la table… L'homme que tu as devant toi… s'appelle désormais… « Thierry de Chateaurenard » ! Marcel Rigal est mort ! Il est enterré, oublié avec tant d'autres, quelque part dans la jungle du camp soixante-quinze au Tonkin !

Il lui raconta par le menu toute ses péripéties depuis les combats de Dien Bien Phu, leur terrible captivité jusqu'à l'agonie et la mort de son ami, ses supplications pour qu'il accepte de prendre son identité et enfin la libération et le rapatriement… Elle était bouleversée.

Elle s'était levée pour mettre la table. Anéantie, elle laissa tomber une assiette qui se brisa sur le sol inégal de granit.

- Comment est-ce possible une histoire pareille ? Te voilà riche ? Patron de deux usines ? Je rêve ! Crois-tu que tu seras à la hauteur ?

Elle s'assit sur une chaise de paille près de l'étroite fenêtre. Elle respirait fort. Marcel eut peur qu'elle tourne de l'œil.

- Alors, devant moi, ce n'est plus mon fils… c'est un étranger qui s'appelle comment déjà ?

- Thierry de Chateaurenard… Désormais, je suis prisonnier de ce nom… Mon chemin est tout tracé. Je suis sur des rails ! Je voulais t'en avertir avant que l'armée t'apprenne la mort officielle de Marcel Rigal, en captivité.

- Oui, je comprends. Ce sera notre secret. L'important, pour moi, est que tu t'en sois tiré, que tu vives. Heureux ou malheureux, c'est à toi d'organiser ton avenir pour qu'il soit le mieux possible. Que m'importe si c'est sous un nom d'emprunt… Crois-tu que tu puisses vivre heureux avec ce lourd secret ?

Dans le ton de sa voix était contenu tout l'amour aveugle d'une mère.

- Oui, si j'arrive à avancer sans regarder dans le rétroviseur et en me guérissant du sentiment de culpabilité d'être vivant et riche grâce à la mort de mon meilleur ami ! Ces remords sont les raisons de mes insomnies et de mes cauchemars. J'en guérirai avec le temps et la volonté…

Marcel mangea son petit salé de bon appétit ; quant à sa mère, après trois bouchées, elle repoussa son assiette :

- Je n'ai plus faim. Quand je t'ai vu arriver, si maigre et sans bagage, après une si longue absence sans nouvelles, j'ai pensé que tu m'apprendrais quelque chose de terrible ou d'extraordinaire ! J'en tremblais intérieurement. Jamais je n'aurais pu imaginer un changement d'identité, de statut et de situation ! Je ne sais pas s'il faut s'en réjouir ! Tout me parait trop beau… Tu repars dans la vie sur de nouvelles bases, mais elles ne sont pas solides. Tout me paraît faussé, malsain dans ton histoire. Tu bâtis ton avenir sur un mensonge… C'est comme si tu construisais ta maison sur un marécage insalubre et vicié ! Tu ne bois pas un verre de vin ?

- Non, si je veux me requinquer vite, toute boisson alcoolisée m'est interdite.

- Tu sais… Tu devrais aller voir le curé d'Orlhaguet ! Il est guérisseur. Il pratique la radiesthésie en marge de ses fonctions ecclésiastiques ! Je suis sûre qu'il saura te guérir de tes appréhensions et surtout de cet anéantissement qui n'est pas dans ta nature !

- Je ne crois pas à la magie ni au paranormal. Je n'éprouve aucun engouement pour toutes les formes d'irrationnel, radiesthésie ou autres. D'ailleurs, je suis guéri ! J'ai été déclaré guéri par les médecins militaires qui sont à la pointe des maladies parasitaires et tropicales !

- Tu es guéri de tes maladies parasitaires ou tropicales… Oui, je l'espère pour toi. Il te reste le plus difficile : l'âme, l'esprit, c'est-à-dire pour rester concret l'insomnie, les cauchemars, les sentiments de culpabilité, les doutes et les remords… Il n'y a pas de médicaments pour ça ! C'est du domaine de l'irrationnel ! Il n'existe pas de drogue mais des remèdes qui sont du ressort de l'immatériel ou du transcendant…

- C'est le temps, l'espoir et la marche en avant qui me guériront…

- Quand on a subi de graves traumatismes, il en reste toujours quelque chose… Le curé d'Orlhaguet se sert du pendule. Il a un don de double vue… Ton père est allé le chercher parce que la source du bas était tarie. Avec une baguette de noisetier, il a trouvé une autre source à environ cent mètres de la première. On dit qu'il fait des miracles. Un paysan avait un eczéma grave. Il a été guéri en allant le consulter… Je pourrais te citer plein d'autres cas ! Les gens du pays n'en reviennent pas et vantent à tout-va ses pouvoirs surnaturels.

- Je n'y crois pas. Dans nos montagnes éloignées des centres urbains, les gens ont besoin de croire à des choses extraordinaires ! Ce sont des bêtises nécessaires à la vox populi pour alimenter les conversations au marché ou au café… Néanmoins en allant prendre le car de dix-sept heures pour Aurillac, je partirai en avance pour passer le voir… plutôt par curiosité que par foi dans le résultat !

Elle lui fit du café. Ils se chauffèrent un moment au « cantou ». Au bout d'une demi-heure de réflexion et de repos, elle dit :

- Je vais emmener paître mes bêtes.

Son troupeau se composait de quatre chèvres et quatre brebis. Elle mit un fichu de laine noire sur ses épaules, un châle noir sur sa tête.

- Je t'accompagne un peu, puis j'irai voir ton guérisseur. Je ne risque rien…

Elle détacha les chiens, sortit son troupeau de la grange et ils partirent vers la forêt du bout du monde. Les animaux étaient contents de prendre l'air ; les chiens folâtraient gaiement autour d'eux.

Arrivés au chemin, il l'embrassa tendrement.

- J'espère que nous nous reverrons ! Dit-elle.

- Bien sûr. Je penserai souvent à toi. Tu seras toujours pour moi l'exemple de la simplicité et du courage…

- Va ! Fais pour le mieux avec ta nouvelle famille !

- Maintenant que je suis riche, j'aimerais pouvoir vous aider…

- Surtout pas ! La vie, c'est se battre ! Si on enlève ça à l'homme, il n'a plus qu'à se laisser aller… Ne plus se battre, c'est la mort ! Imagine, que j'ai assez d'argent pour vivre, je n'aurais plus de troupeau, à quoi bon ? Je ne sortirais plus pour les faire paître ! Que ferais-je à la place ? Rien… je m'ennuierais ! Peut-être me mettrais-je aussi à boire ? Qui sait ce qu'on peut faire quand on s'ennuie ? Bon… En cas de grande détresse, je t'enverrais à l'adresse que tu m'as donnée, ce message : « le lait est tari », sans signature. Tu sauras que nous avons besoin d'aide…

- Je n'oublierai pas… et je t'enverrai un chèque !

Ils se séparèrent… L'amour de cette mère lui manquera toujours… De leurs yeux, du fils comme de la mère, coulaient de chaudes larmes. Elle engagea son troupeau dans le chemin. Il remonta le village, sans se retourner, d'un pas cadencé, viril, presque martial.

La visite chez le guérisseur.

Il franchit rapidement la distance entre les deux villages.

Ce torrent vif et abondant, l'Argence, dévale le plateau de la Viadène depuis les hauteurs de Lacalm de rocs en rochers dans une succession de chutes et de cascades sonores. A Orlhaguet, il s'étale dans la prairie comme une rivière assagie, semblant se reposer après cette course folle. Un long pont de pierre à cinq arches remplace le gué depuis le dix-huitième siècle. Marcel préféra prendre le raccourci et passer près du pont, presque à pied sec sur les pierres du gué. Il aimait cet endroit qui lui rappelait les beaux après-midi d'été quand, les pieds nus dans l'eau glacée, ils attrapaient les truites à la main avec ses frères et ses amis.

La haute silhouette de l'église d'Orlhaguet se dressait sur son tertre. Bâtie en pierre du pays, sa majestueuse tour-clocher s'imposait. Des meurtrières, encore présentes, montraient son rôle défensif à des époques reculées.

Il passa devant, sur la place, et sonna au presbytère juste derrière. Une jeune bonne, tout sourire, vint lui ouvrir.

- Puis-je consulter monsieur le curé ?

- Oui, il lit son bréviaire dans le jardin. Je vais le prévenir de votre visite. Asseyez-vous ici.

Elle lui désigna une chaise parmi une dizaine, réparties dans une large pièce. C'était la salle de catéchisme. Quand il était enfant, de huit à douze ans, il était venu chaque jeudi matin ânonner les préceptes bibliques. C'était toujours la même salle aux murs blanchis à la chaux, défraîchis, sur lesquels étaient accrochées des images pieuses.

Le curé, en soutane, entra, un large sourire aux lèvres. Il avait la soixantaine svelte, des cheveux blancs coupés courts et l'œil pétillant. Son regard sondait déjà le cœur de Marcel tout en l'examinant des pieds à la tête.

- Si vous voulez passer dans mon bureau.

Il ouvrit une porte. Un large bureau trônait au milieu d'une pièce claire donnant sur le jardin. Il était surchargé de paperasses et de journaux divers. Derrière, était une cheminée de marbre sombre sur laquelle étaient stockés de grands bocaux de dragées roses ou bleues. Au-dessus, un grand christ en croix rappelait qu'on se trouvait dans le bureau de Monsieur le curé d'Orlhaguet. Celui-ci s'assit dans un grand fauteuil à bascule et invita son patient à faire de même sur une petite chaise de paille disposée en face de lui. Un silence propice enveloppait la pièce…

- Je vois… dit-il. Vous revenez de loin… Vous n'avez pas été crucifié… (Il eut un petit geste vers le crucifix suspendu au-dessus de sa tête.) Mais… peu s'en faut… Ne dites rien… J'écoute, je perçois et j'entends les messages que vos ondes envoient… Vous revenez de l'enfer… Je le sens et c'est marqué sur votre visage. De tous les pores de votre peau s'échappent des souffrances résiduelles. Quelque chose me chagrine ! Quelque chose de mystérieux que je ne comprends pas… Comme c'est bizarre… ou plutôt mystérieux… Bon, voyons plus avant… Allongez-vous sur ce divan…

- Dois-je me déshabiller ?

- Non, vous n'êtes pas chez le médecin…

Il eut un petit rire amusé, un peu hautain, de l'homme supérieur au commun des mortels, le rire discret de celui qui sait. Il chercha dans son tiroir un pendule, en sortit un échantillon qu'il nomma égyptien, allongé, se terminant par un cône de laiton, en bois de cèdre du Liban. Puis, il parut se raviser et en choisit un autre. Au bout d'un cordon noir, était suspendu un petit et bizarre personnage, peut-être un moine priant à genoux. On le disait dans le canton en métal précieux et brillant, c'est-à-dire en or, d'autres disaient en or et en platine. Il le serra dans sa main droite et se tournant vers le grand crucifix, il prononça une phrase en latin, une sorte de formule magique à moins que ce ne soit une prière inaudible… comme si elle ne devait pas être perçue, ni comprise par le vulgaire. Il s'approcha de Marcel.

- Détendez-vous… Ma perception des ondes dépend du calme de l'environnement, de votre sérénité, de votre confiance…

Il s'assit sur un tabouret et laissa aller son pendule, sans parler et sans bouger dans le silence profond du presbytère. Cette analyse dura une éternité, du moins elle fut perçue de la sorte par Marcel. Celui-ci sentit monter en lui un vague sentiment de calme, comme si toutes les craintes et les appréhensions qui s'exprimaient dans ses cauchemars et ses insomnies, s'extirpaient de son âme, jusqu'à la quiétude suprême de l'endormissement. Il fut soudain réveillé de cette sorte d'hypnose :

- Voilà, mon fils, vous pouvez vous relever…

Marcel se leva tout étourdi. Le radiesthésiste-curé lui déclara :

- Je n'ose pas croire ce que les ondes pendulaires me suggèrent. Etes-vous Gémeaux ?

- Pas le moins du monde !

- J'ai la sensation bizarre que deux êtres existent en vous ! Il me semble que l'âme d'un homme mort récemment se soit glissée en vous… disons plutôt, se soit réincarnée en vous ! Ma culture cartésienne refuse cette hypothèse que je considère comme peu chrétienne… et peu crédible sur le plan de la logique aristotélicienne européenne, qui proviendrait plutôt d'une religion ou d'une philosophie d'inspiration… asiatique. De plus, et c'est en votre faveur, il se dégage de vous, des ondes extrêmement positives qui font que vous saurez affronter toutes les difficultés et les pièges de l'existence. C'est d'ailleurs grâce à ces ondes positives que vous avez pu vous sortir d'un enfer encore plus terrible que celui de Dante, si j'en crois les révélations de mon pendule.

Un bon sourire ornait son visage. Le radiesthésiste à moins que ce ne soit le curé, était satisfait d'avoir aidé son prochain… Il raccompagna Marcel jusqu'à la porte.

- Allez en paix, mon fils !

Marcel, tout abasourdi, articula avec difficulté :

- Je vous dois combien ?

Le mage eut un sourire plein de bonté :

- Ce que vous voulez, mon fils, selon vos moyens et la générosité qui habite votre cœur… Mettez un billet dans le tronc de l'entrée…

Marcel mit le plus gros billet qu'il trouva dans son portefeuille et sortit. Sous la marquise du perron, il sentit monter en lui un bien-être immense, un soulagement extrême comme si toutes les appréhensions, les peurs, les angoisses s'envolaient de son corps, de son âme vers l'au-delà. Une confiance, une force souterraine monta en lui et s'installa durablement. Il avait envie de crier sa joie qu'il assimilait à une délivrance. Il n'était plus prisonnier d'un serment ! Ses chaînes étaient rompues. La liberté entrait dans son corps, dans son esprit à grands flots redoublés. Il se sentait délivré… enfin libre ! Il pouvait reprendre l'autocar, le train et affronter Daphnée sans crainte… Cette sœur ne serait plus un danger ou un obstacle, mais une alliée… Il en était persuadé !

Il retrouve Daphnée.

La nuit du retour vers Paris fut réparatrice. Il s'endormit dès le départ d'Aurillac et ne fut réveillé que quand le train ralentit aux abords de Paris. Son sommeil profond était parsemé de fleurs de bonheur, d'une roseraie paradisiaque et d'un verger de fruits rouges où des branches de framboisier, de cerisier et de cassissier pliaient sous l'abondance de leurs fruits. Un avenir radieux et brillant étincelait dans la nuit de son sommeil.

A son réveil, il avait retrouvé la confiance et la force d'avant sa captivité. S'il était désormais « Thierry », Marcel était au fond de lui avec tout son entrain, son enthousiasme et son optimisme. S'il se sentait Marcel, le combatif, le fort en gueule, « le marquis », poli, élégant et raffiné, l'aidait, le confortait et le rassurait dans son nouveau rôle de dandy. Leurs caractères opposés comme leurs origines différentes se complétaient. Leur symbiose vivait dans l'harmonie la plus parfaite. L'un et l'autre se confondaient dans une unicité intemporelle.

Il partit à l'assaut des rues de Paris comme si rien ne pourrait plus jamais lui résister. Il parcourut la distance de la gare d'Austerlitz à la place Clichy d'un pas léger, le nez en l'air, à l'affût de la beauté d'un détail, d'un ourlet au-dessus d'une jambe comme de la majesté architecturale de Notre-Dame, sans s'arrêter. Il trouva l'adresse de Daphnée dans la rue Cavalotti. C'était un immeuble cossu.

La concierge l'informa que mademoiselle de Chateaurenard était sortie et qu'elle ne rentrait habituellement que vers les quinze heures.

Il visita ce quartier plein de vie. Les gens couraient, se bousculaient, impatients d'atteindre leur but, leurs ateliers ou leurs bureaux. L'ex-prisonnier de la jungle, de même que le paysan du Rouergue qui sommeillait toujours en lui, trouva ce phénomène étrange, étonnant et enthousiasmant. Il aima cette vie trépidante, ce tintamarre de klaxons et d'interjections qu'il assimilait à la prospérité. Il aurait eu aussi envie de courir s'il n'avait pas été un observateur amusé et attentif.

Il fit le tour de la place Clichy. Le Gaumont-palace l'attira. On le disait le plus grand cinéma du monde. Un film avec Fernandel « Le mouton à cinq pattes » d'Henri Verneuil, était à l'affiche. Les restaurants et les cafés attiraient son attention. Ils étaient, à ses yeux, des témoignages de la civilisation de l'abondance, leurs devantures et leurs néons les témoins de la modernité. Il admira la façade du cinéma « Le Wepler », continua sa promenade et regarda la carte du restaurant éponyme. Elle proposait un aligot, spécialité auvergnate. A midi, il s'installa à la terrasse pour s'amuser à voir les gens passer.

Il dégusta son repas, en redemanda. Le garçon lui en rapporta avec un sourire indulgent et complice. Il avait compris qu'il avait affaire à un gars du « pays » que ces plats roboratifs n'effrayaient pas.

« Thierry » - car, si on excepte le moment de l'aligot, il était redevenu « Thierry » - voyait des gens remonter à la surface par la bouche du métro « place Clichy ». Il rêva qu'une grande femme blonde, très élégante, aux yeux noirs à la profondeur d'un puits, allait sortir pour se jeter dans ses bras. Il se ravisa : cette femme ressemblait, trait pour trait, à l'image de Daphnée, « sa sœur, » du moins sur le papier ! Il devait se méfier de cette attirance – « animale » croyait-il - pour cette femme sublime à la fois si proche (n'était-ce pas « sa sœur » ?) et si éloignée par sa culture, son instruction et sa classe. Il eut cette étrange prémonition qu'elle bondirait vers la surface d'un instant à l'autre comme une fée apparaît dans les contes pour enfant. Il suffisait d'être patient…

Le miracle se produisit. Il sirotait son deuxième café quand une jeune femme blonde aux longs cheveux flottant sur ses épaules, manteaux de cuir noir et hauts-talons, sortit en trombe du souterrain. L'apparition était si merveilleuse pour Marcel que, surpris et émerveillé, il l'aurait laissée filer, si l'intensité de son regard et les ondes irradiées de son âme n'avaient attiré la conscience et le regard de Daphnée. Il lui fit signe à travers la vitre occultée par de la buée. Sur le visage de la jeune femme se dessina le plus merveilleux des sourires. « Son frère » adoré la guettait, l'attendait à cet endroit stratégique…

Leur embrassade fut joyeuse. On aurait dit des complices de jeux qui se retrouvaient, que la partie allait reprendre de plus belle, plus palpitante encore, jusqu'à la défaite de l'autre.

- Assieds-toi ! Un café ?

- Avec plaisir !

Elle ôta son manteau sous les yeux admiratifs de « Thierry ». Celui-ci notait d'un œil pétillant, tous les petits mouvements, ondulations de l'ourlet de la jupe, balancements de taille ou de hanche, inflexion du bras ou du poignet qui font tout le charme de la femme, et auxquels il n'avait jamais été sensible jusqu'à ces derniers jours et qui soudain le ravissaient au plus haut point.

Elle s'assit en face de lui, silencieuse… un instant. Elle l'examinait, l'étudiait… Comme elle le retrouvait changé ! Les traits de son visage s'étaient détendus ; les joues s'étaient remplies ; son regard exprimait le bonheur, la joie de la retrouver. Toutes les peurs, les craintes, la méfiance que « son frère » exprimaient par une attitude distante qu'elle interprétait comme renfrognée, étaient envolées… Deux jours, seulement deux jours avaient suffi. « Mais par quel miracle ? » se dit-elle. Elle verbalisa sa pensée ainsi :

- Ta mission s'est-elle bien passée ? Et le voyage ? Pas trop fatigantes ces deux nuits dans le train ?

- Je me sens en pleine forme ! Délivré d'un grand poids ! C'était une mission que je croyais difficile, dont je me suis débarrassé…

- Alors je te garde ce soir ! Tu dors chez moi ?

- Je pensais rentrer par le dernier car !

- Reste ! Nous nous promènerons sur le boulevard, puis nous irons au cinéma comme au bon vieux temps ! Je suis si contente de te retrouver !

Le cœur de Marcel battit très fort… Il craignait cette intimité avec Daphnée… N'allait-il pas se trahir… D'autant qu'il la sentait très proche, très caressante… Elle posa sa main sur la sienne. Il sentit cette menotte douce et fraîche ; elle lui procura immédiatement une sensation agréable, sorte de chaleur qui monta en lui pour s'irradier à toutes les parties de son corps, de son âme… Il ne pouvait résister à cette « sœur » angélique…

- Je t'en prie, reste ! fit-elle d'une voix suppliante, élégante et cristalline, en le regardant droit dans les yeux…

Toute dérobade était impossible… Des signaux de détresse s'allumaient en lui et semblaient lui crier : « Attention ! Piège ! Tu risques de tomber dans un traquenard ! Le naufrage te guette ! A moins qu'il n'y ait une porte de sortie bien plus agréable… »

Un autre lui-même répondit :

- C'est avec un grand plaisir que j'accepte votre hospitalité, ma chère sœur ! Je veux que ce soit une grande fête comme nous en avons connu bien d'autres dans notre enfance !

Elle ricana comme si elle voulait montrer son incrédulité… La partie de poker menteur était engagée. Il eut instantanément la sensation d'avoir perdu la première manche. Il ne se déroberait pas à l'escouade prochaine…

Chez Daphnée.

Dès que la famille de Chateaurenard eut connaissance du succès de leur fille au concours de l'internat des hôpitaux de Paris, ils achetèrent ce petit appartement derrière la place Clichy. Il était situé dans un immeuble haussmannien qu'on disait cossu, mais qui, en réalité, respirait la simplicité.

Ils sortirent du restaurant. Elle lui prit le bras et se colla à lui. Il trouva ce contact si agréable qu'il n'osa pas se dégager comme aurait fait bien des frères. Les passants les prenaient pour des amoureux tellement ils leur paraissaient proches. La concierge, surprise, sourit quand elle les vit passer. « Mademoiselle de Chateaurenard a fait une conquête. Ce n'est pas la première ni la dernière, » pensa-t-elle… L'ascenseur les monta au cinquième étage. Il visita l'appartement qui d'emblée lui parut d'un luxe inouï. Chaque meuble était à sa place. Des gravures originales décoraient les murs. On entrait dans une salle de séjour qui servait de salon et de salle à manger. Elle était ouverte sur une petite cuisine. Cette pièce était éclairée par une porte fenêtre dotée d'un balcon donnant sur la rue. L'unique chambre, au fond, donnait sur la cour.

- C'est très mignon, chez toi !

- Peut-être trop petit pour y vivre à deux… pour finir mes études, cet appartement suffira… Il me manque un amoureux pour meubler ma solitude !

Son ricanement argentin emplit l'appartement. Que devait-il répondre ?

- Quel genre de meuble ? fit-il, feignant la neutralité.

- Le genre… armoire à glace !

Ils rirent longtemps… comme au bon vieux temps, sembla-t-il à « Thierry » ! Il s'étala dans le canapé qu'il jugea très confortable. Elle mit le dernier trente-trois tours de Sydney Bechet. Au bout de quelques minutes, la musique entraînante de « dans les rues d'Antibes » l'invita à danser. Elle virevolta seule quelques instants, puis tendit les bras à « son » frère. Le remplaçant « du marquis » n'osa refuser. Il supposa qu' « il » dansait souvent avec sa sœur. Marcel, « le rustre » n'aimait pas cet exercice. Aux bals de la libération que ce soit à Rodez ou à Millau, il regardait les autres danser en discutant et en vidant quelques chopines. Certaines femmes l'avaient tiré par la manche, heureuses de faire quelques pas avec l'un des libérateurs, héros de l'époque. Il s'était laissé entraîner, mais se trouvait gauche et n'éprouvait aucun plaisir, même quand sa partenaire était engageante et cherchait un contact plus rapproché dans l'euphorie de ces jours de joie et souvent de folie.

« Thierry » se leva et accepta de bon gré les bras tendus de Daphnée. Le rythme de Sidney Bechet lui plaisait. Il l'inspira jusqu'à montrer sa bonne volonté de bouger en mesure. Il se fit souple, lui qui était la raideur même… Daphnée le serrait, l'agrippait, le faisait tourner et virevolter dans une ronde folle. Elle riait et se moquait en le sentant malhabile et gourd. Elle le sentait se concentrer, s'efforcer d'être en cadence. Quand la musique cessa, il lâcha sa danseuse et, tout étourdi, manifesta son désir de se reposer.

- On ne dansait pas dans la jungle du Tonkin ! La musique américaine y était bannie !

- Raison de plus pour t'y remettre ! C'est un très bon exercice… La liberté c'est aussi la musique américaine… Rappelle-toi, elle était bannie des nazis et des autres…

Elle ricana de ce rire argentin que Marcel interprétait comme une moquerie et qui semblait ponctuer le point supplémentaire qu'elle marquait…

« Petite fleur » suivait en embuscade !

- Un slow langoureux pour te reposer des musiques endiablées…

Il pensa : « Le diable se cache parfois dans les petites fleurs » ! Affrontons-les sans peur… Il la prit dans ses bras, la tenant à une distance de bon aloi. Elle se contenta, dans un premier temps, de cette froideur fraternelle. Dans un second temps, elle se rapprocha insensiblement jusqu'à reposer son front sur l'épaule de son partenaire. Puis elle colla son bassin comme pour mieux communiquer la douce langueur du slow. Ce contact réveilla les instincts que la longue détention dans la brousse, avait annihilés. Il pensait être maître de lui-même. Cette femme était réellement sublime et ensorcelante. Il essaya de s'écarter… Sa partenaire éprouvait un réel plaisir à se recoller à lui, de façon à provoquer cette érection involontaire qu'il imaginait non seulement coupable et inadaptée, en théorie incestueuse, et, qui était la preuve qu'il ne réagissait pas comme un frère.

Il se persuada que Daphnée, une nouvelle fois, le testait quand « Petite Fleur » cessa. Elle alla vers l'électrophone, l'arrêta et rangea le disque.

- Je crois que nous ferions mieux de sortir…

Le ton paraissait sévère. Le sourire en coin démentait cette sévérité de théâtre. Le rire argentin s'égraina dans l'appartement. Daphnée avait marqué un nouveau point dans la partie de poker menteur qu'elle jouait… et qu'il subissait. Les manches étaient bel et bien engagées. S'il n'avait eu que des doutes jusqu'à maintenant, « Thierry » en était dès lors certain… Il était en quelque sorte l'otage de cette fille qui prenait un malin plaisir à le pousser plus loin dans la simulation et le mensonge. Il attendait la suite, confiant et amusé parce qu'il ne sentait aucune méchanceté chez elle. Bien au contraire, il pressentait plutôt beaucoup de bienveillance et de plaisir… et au-delà comme une grande bonté…

Sur les boulevards

L'obscurité commençait à envelopper la ville. Les lampadaires, les enseignes des magasins et les phares des automobiles s'allumaient. Le ciel de cette fin octobre était bas. Daphnée serrait son frère en remontant la Place Clichy comme si elle avait froid. Ils flânaient, heureux d'être ensemble et d'avoir l'avenir devant eux à construire dans le bonheur… Chaque vitrine, chaque cinéma les attiraient. « Thierry » n'avait jamais profité des lumières de la ville à ce point. Cette pétulante jeune femme pendue à son bras irradiait le bonheur, la hardiesse et la joie. Cet état de grâce se communiquait dans les profondeurs de son être. Il savourait l'immédiat et le présent comme dans un rêve dont il avait peur de soudain se réveiller. Une puissance supraterrestre, une sorte de mère se rendant compte qu'elle a oublié son enfant, semblait lui distribuer du bonheur comme si elle voulait compenser les malheurs de sa cruelle privation de liberté. Des passants esseulés admiraient ce couple serré l'un contre l'autre. Ils paraissaient envier la bonne fortune de « Thierry ». Celui-ci relevait la tête, très fier jusqu'à l'orgueil, en passant le bras autour de la taille de Daphnée. Une telle éventualité, s'il l'avait rêvée, ne lui était jamais arrivée. C'était une chance inespérée.

Il fut émerveillé par la Place Blanche, ses bars, ses restaurants. Le Moulin Rouge affichait : « J'ai deux amours » avec Joséphine Backer !

« Tiens, se dit-il, elle a deux amours, et il y a deux hommes en moi, a deviné le curé d'Orlhaguet ! Mais, ça n'a rien à voir. Sauf, si… en plus d'aimer le frère virtuel que je représente, elle aimait l'autre moi, celui-là bien réel… »

Une fête foraine s'était installée sous le métro aérien. Ils profitèrent de différentes attractions, du grand huit au train fantômes… Daphnée réclama que son « para » lui montre son adresse au stand de tir, ce qu'il fit avec une particulière aisance…

- A toi, maintenant !

- Tu crois… Je n'ai jamais tiré à la carabine ! J'ai horreur des armes à feu. Elles me font peur !

- Raison de plus pour braver ta peur ! Si tu la domines, tu auras gagné une assurance de plus !

Elle s'exécuta et ne fut pas trop maladroite. Quand la faim les tenailla, ils hésitèrent à entrer au « Sanglier bleu » puis se ravisèrent. Ils n'avaient pas envie de gâcher cette flânerie bohème par un diner aux chandelles trop long dans un local où ils se sentiraient enfermés. Leur envie de se balader en liberté fut la plus forte. Un snack où on mangeait de larges biftecks-frites debout au comptoir avec un verre de Beaujolais, convint à leur escapade. Ils les avalèrent avec bon appétit. « Thierry », l'affamé, eut le plaisir de finir l'assiette de Daphnée…

Ils passèrent devant le théâtre des « Deux ânes ». La représentation allait commencer. Un chasseur en livrée leur proposa des places au balcon, à tarif réduit. Cet imprévu leur plut. Ils acceptèrent avec plaisir. Marcel ne connaissait pas cette scène. Le « marquis » l'avait souvent vantée dans leur conversation autour d'une bière. Il avait entendu parler des chansonniers notamment Robert Rocca dont les sketches étaient retransmis sur radio Luxembourg. Assister à une séance des « Deux ânes » était pour lui une chance inouïe. Il serait à son issue, une fois de plus, en porte-à-faux. Quand Daphnée évoquerait des souvenirs communs, il serait encore une fois décontenancé… Piégé ! Elle marquerait un nouveau point ! Il entendait déjà son rire argentin… énervant, car il annonçait… son échec et mat programmé… Quand ?

La séance fut comme toujours hilarante. Marcel découvrait les jeux de mot subtils, et aussi qu'on pouvait rire des choses les plus sérieuses, voire des plus dramatiques. Se moquer des puissants, du gouvernement et même rire de la défaite en Indochine et du drame de Dien Bien Phu… Marcel découvrait le troisième degré, celui du parti d'en rire plutôt que d'en pleurer. Comme c'était le plein moment des soucoupes volantes et des petits hommes verts, les journalistes qui faisaient leur une et leur beurre sur les témoignages de gens soit disant dignes de foi, eurent aussi leur sketch désopilant.

Ils sortirent émerveillés et très gais, s'amusèrent à se répéter les bons mots qui les avaient particulièrement frappés. Daphnée évoqua ensuite des souvenirs de ce théâtre qui l'avaient marquée.

- Tu t'en souviens ? répétait-elle à intervalles réguliers.

Il hochait la tête et prononçait un « oui » inaudible qui en disait long. Elle riait de plus en plus de son rire élégant et plein de charme, qui énervait Marcel. Le « para » allait encore une fois déposer les armes. Mais maintenant, c'était aux pieds de la plus merveilleuse des créatures. La captivité qui suivrait, ne devrait pas être trop cruelle…

Echec et mat.

Ils rentrèrent en s'attardant devant le spectacle de la rue. Daphnée ne se départait pas de son petit sourire moqueur que Marcel interprétait comme le glas de la mission que lui avait confiée « le marquis…»

- Mets-toi à l'aise, lui dit-elle.

Elle lui montra l'exemple en enlevant son manteau et ses bottes de cuir à talons. Il prit place dans le canapé. Une ride barrait le front de la belle. Elle réfléchissait à sa stratégie finale…

Il était sur sa défensive. « Elle me prépare l'assaut définitif ! Laissons-la venir » se disait-il.

De son côté, elle pensait : « Comment mettre au tapis l'adversaire avec panache en préservant l'avenir. »

- Monsieur ne boit toujours pas d'alcool ? J'ai envie d'une crème de cassis.

L'instant était grave. Il ne fallait pas rompre cette douce convivialité…

- Va pour une crème de cassis. Un alcool de femme, c'est doux même pour un réchappé des camps de la mort !

Elle enleva son pull et ses deux petits seins pointus apparurent aux yeux de Marcel sous l'étoffe d'un tee-shirt. Ils vivaient et bougeaient sous l'impulsion vive de leur propriétaire. Elle amena deux verres à cognac et servit la liqueur, toujours aussi concentrée, en jetant de temps en temps un regard à son partenaire-adversaire. Elle prit son verre en main, le leva en le dévisageant. Un grand sourire vainqueur pavoisait sur son visage tandis que Marcel, profil bas, attendait le verdict avec sérénité, persuadé que sa peine ne serait pas trop sévère. Ils trinquèrent :

- A nous ! firent-ils ensemble.

Elle s'assit en face de lui, s'enfonça dans le fauteuil, croisa les cuisses d'une façon qu'on aurait qualifiée d'indécente, s'ils n'avaient pas été dans cette situation de proche intimité.

- Je t'en prie, cessons ce poker menteur ! Abats tes cartes… fit-elle avec le plus beau sourire enjôleur…

- Quand on ne dispose dans sa main que d'une paire et que l'adversaire a probablement une quinte-flush ou un carré, on passe son tour. Rien ne sert de s'enferrer davantage dans un bluff menteur, désolant…

- J'espère qu'au moins, c'est une bonne paire !

Il ne releva pas, attendant, confiant, qu'elle abatte ses cartes. Le rire cristallin de Daphnée s'épanouit dans l'appartement…

- Bien ! C'est à moi de prendre l'initiative ! Alors… je te le dis tout net : Tu n'es pas mon frère ! Tu es certainement son meilleur ami… C'est vrai que tu lui ressembles à s'y méprendre… comme ma mère et sa cuisinière l'ont cru !

C'était bien ce qu'il avait suspecté… Elle savait ! Leur supercherie, « au marquis » et à lui-même, était découverte. Il était échec et mat…

- J'avoue. C'est vrai !

Il lui raconta tout, l'amitié partagée avec « le marquis » depuis l'école des sous-officiers, jusqu'aux combats de Dien Bien Phu, leur captivité inhumaine, la terrible mort de son frère dans la cachexie et le désespoir. La demande répétée, insistante de celui-ci, quand il s'est senti partir, de le remplacer auprès de sa mère et de sa sœur.

- Il était tellement désolé, éploré, son chagrin était tellement émouvant que je n'ai pas eu le courage de me dérober à ses supplications. Notre amitié dans la joie comme dans le malheur, valait bien que je devienne « Thierry, » dussé-je lamentablement échouer dès les premiers jours de cette usurpation d'identité…

Son flot de paroles s'interrompit. Ce récit avait provoqué une vive émotion chez Marcel comme chez son interlocutrice. Il pleurait à chaudes larmes en revoyant le « marquis » moribond le supplier dans la cagna de bambou sur son grabat de feuilles de latanier au fond de la jungle du Tonkin… Elle sortit de son sac un mouchoir brodé de motifs roses, s'essuya les yeux avec élégance, visiblement très émue et déclara d'un ton plein de tristesse et de mansuétude :

- Dès que je t'ai vu, j'ai eu un doute. C'est ton regard, la façon de sourire, de m'embrasser qui ont provoqué cette interrogation. J'ai perçu une hésitation comme une distance ou une froideur… Il y avait dans ta physionomie comme un masque de franchise qui me mit la puce à l'oreille ! J'ai tout de suite voulu étayer cette hypothèse… Quand je t'ai examiné pour constater que tu étais bien guéri de toutes les maladies parasitaires et tropicales, j'en ai été certaine. Mon frère présentait une tâche lie de vin, autrement dit un angiome plan, en haut de la fesse gauche. Il plaisantait en disant : « j'ai la carte de l'Angleterre sur la fesse. J'épouserai une Anglaise ! »

- C'est ce détail qui m'a trahi ?

- Oui ! La captivité aurait pu changer le caractère de mon frère, lui donner cette raideur, cette distance vis-à-vis de moi… La carte de l'Angleterre est une marque indélébile… C'était la preuve que je cherchais… Je n'ai rien dit parce que j'ai senti ma mère heureuse d'avoir retrouvé son fils… En plus, celui-ci acceptait de devenir le directeur des usines ! Elle ne l'espérait plus depuis bien longtemps car ce conflit avait été le drame de la famille et l'une des raisons de l'engagement de mon frère dans les paras… Ainsi, tu auras la charge et l'honneur de poursuivre l'œuvre industrielle des trois générations de Chateaurenard… Je te confie aussi cette mission et je t'y aiderai de tout mon cœur… Il n'y aura que moi qui saurai que tu n'es pas le vrai Thierry de

Chateaurenard… Nous partagerons ce secret à la vie et à la mort… et bien d'autres choses, j'espère…

Le regard caressant de Daphnée s'attardait sur le visage de Marcel. Tant de bonté mêlée d'admiration en sourdaient qu'il se sentit définitivement en confiance, pardonné, régénéré.

Ils se levèrent spontanément et se serrèrent dans les bras l'un de l'autre pour sceller leur alliance définitive. Ce fut un moment d'intense émotion qui dura plusieurs minutes. Puis, ils reprirent leurs places l'un en face de l'autre. Un silence ponctua ce pacte. Daphnée pleurait tandis que « Thierry » reprenait courage. Son visage s'éclairait. La sentence avait été prononcée et c'était celle qu'il avait espérée… Il s'en sortait la tête haute…

Le rêve de sa vie.

Daphnée pleura longtemps son frère dans les bras de « son remplaçant. » Celui-ci, un peu gêné, n'osait bouger ni faire un geste qui aurait pu interrompre ce moment délicieux qu'il considérait comme une chance inouïe, un don inespéré du ciel. Elle s'essuyait les yeux de temps en temps. Puis elle sourit en le regardant. Dans son regard, se lisait l'indulgence…

- J'ai envie de t'embrasser ! Je remercie mon frère d'avoir eu cette idée… géniale… de se faire remplacer par un sosie qui est presque sa copie conforme… Je ne l'ai pas perdu complètement puisque tu es là…

Elle le serrait dans ses bras. Il la serrait aussi très fort, heureux d'avoir dans ses bras une aussi jolie femme, ce qui ne lui était pas arrivé depuis des lustres. Cet instant agréable semblait vouloir se prolonger. Cependant un impératif tabou l'empêchait encore de franchir la frontière du désir. Pourrait-il transcender l'interdit ? Leurs envies de séduction restaient pures. Leurs chaleurs affectives mutuelles se communiquaient par des canaux secrets. Il comprit d'un seul coup que son rêve de posséder à tout jamais, une aussi jolie femme, pouvait se concrétiser. Une étincelle de bonheur immense jaillit soudain, inonda son âme. Dans cette communication émotionnelle, il y avait beaucoup plus qu'une amitié fraternelle, beaucoup plus qu'une complicité amicale. Cela lui parut évident… Le magnétisme de Daphnée infusa dans le cœur de « Thierry » l'étrange magie de l'amour…

Leur sang bourdonnait dans leurs veines. Des cloches joyeuses résonnaient dans leurs têtes. Le bonheur et l'amour qu'ils cherchaient l'un comme l'autre depuis si longtemps, étaient là, dans leur étreinte…

Emportée par son élan, Daphnée dont la sensualité imaginative ne pouvait être contenue plus longtemps, lui prit le visage entre les mains, l'embrassa sur les joues avec fougue, tour à tour de chaque côté, rebondit sur ses lèvres. Il accueillit ce baiser d'amour avec une fièvre équivalente, lui caressa ses longs cheveux avec douceur en descendant petit à petit tout le long de son dos. Il la sentit frémir sous ses doigts ; sa taille fine, le creux de ses reins se cabrèrent. Sa peau, en éveil, frissonnait, en demandait plus. Un désir fou monta en elle dans une déflagration continue de l'être. Elle fut prise de vibrations de sensualité primitives et inconnues de cette jeune femme. Alors, la terre s'arrêta de tourner. Un rayon de soleil éclaira la place Clichy et pénétra par la fenêtre de l'appartement. Les bruits de la ville cessèrent autour d'eux. Elle l'entraîna sans aucune pudeur vers sa chambre où ils abordèrent ensemble dans le monde intemporel de l'amour dans une complète fusion de leurs corps… de leurs âmes…

Même les oiseaux du ciel s'émurent et firent silence. La Seine ralentit sa course folle vers la mer pour paresser dans ses méandres. Le souffle froid de l'aquilon se transforma en une brise légère. Une colombe se posa sur la barre d'appui de leur fenêtre. Les cinq éléments – le feu purificateur, l'eau limpide du Jourdain qui baptisa le Christ, la terre nourricière, l'air apportant l'oxygène, la lumière chaude du soleil qui éclaire et donne la vie – se joignaient à leurs ébats pour enfanter un monde nouveau… de paix, d'amour et de fraternité.

Pendant une pause, dans un état proche de la voyance lyrique, elle lui dit, encore toute essoufflée et brûlante de passion :

- J'aimerais… que tu me fasses un enfant !

- Oui ! Je suis là pour ça ! Poursuivre l'œuvre des Chateaurenard, assurer la pérennité de ce beau patronyme et de ses entreprises !

Ils rirent de cette déclaration d'intention très claire… Ils bavardèrent longtemps. Il lui parla abondamment de sa vie, lui décrit la fermette de Mels, ses parents, ses frères et sœurs, sa vie de manouvrier, de berger, la résistance et son engagement dans l'armée… Elle, la jeune femme qui avait grandi dans une famille stable et la sécurité d'un jardin entouré de murs, était émerveillée par cette existence rude et laborieuse, par cette vie d'aventure et de danger. Elle imaginait Sainte Geneviève sur Argence, les burons, le barrage de Sarrans, le « bout du monde,» la Bastide. Tous ces lieux lui parurent exotiques, pleins de charme et de poésie avec leurs rocs et leurs rochers, leurs torrents et leurs cascades, leurs falaises et leurs vallées….

- Tu m'emmèneras dans ces lieux… mythiques ?

- Oui ! Nous prendrons une chambre à l'hôtel du lac sur la presqu'île de Laussac, là, où un officier SS a aimé la belle Clara, une amie d'enfance, sœur d'un de mes camarades de classe…

Ils prirent un bain ensemble. Elle se moqua de lui quand le dimanche matin, il la surprit dans son bain et qu'il se trouva gêné…

- Mon frère se serait moqué de moi… Et n'aurait pas été gêné par ma nudité…

- Comment va-ton faire avec « notre » mère ?

- Ne t'inquiète pas… Mes parents ont toujours fait chambre à part ! C'était ainsi « de leur temps » dans les milieux bourgeois huppés… J'irai te retrouver dans ta chambre de « directeur » dès que « notre » mère sera endormie ! Elle se couche d'ailleurs vers neuf heures et demie ; cela ne nous gênera pas beaucoup ! Il ne faut pas tenir compte de ses avis à ce sujet… Pour elle, je suis une « pute » parce que je dors toute nue. Avec sa moralité à l'ancienne, elle pourrait être le chef d'un réseau de décence !

- Nous ne pourrons jamais nous marier !

- Pas la peine, puisque, officiellement, nous portons le même nom, et que nos biens sont en indivision… Notre connivence vaudra une union consacrée et sera plus forte qu'un mariage légal et paraphé au bas de la page d'un registre !

- Tout s'arrange… Nous aurons une vie pleine d'inconnues : Frère et sœur sur le papier, mari et femme dans la réalité !

- Je suis persuadé que tu feras un bon père et un excellent directeur d'usine. Tu es bien dans la réalité, les pieds bien plantés en terre, comme un paysan que tu as été… Tu en as l'étoffe par la carrure, la majesté et ta voix grave et forte. Comme tu sors du monde ouvrier, tu sauras te battre pour leur apporter le travail qui fera leur pain quotidien… Tu vois, j'ai une parfaite confiance en toi. Mon frère était, un rêveur, un dandy, un joueur. Il aurait toujours manqué de maturité… d'autorité. Il n'avait pas le sérieux nécessaire pour porter sur ses frêles épaules tant de responsabilités… Les usines, gérées de sa main, auraient vite fait d'être contraintes à la faillite ! Toi, de par tes origines et ton histoire, tu as la force, le courage et la volonté de tenir ce poste de responsable et de manager…

- Merci, c'est la plus belle déclaration d'amour que tu puisses me faire… Il ne me reste plus qu'à le prouver !

Le nouveau « Thierry de Chateaurenard » sut se montrer à la hauteur des espérances de Daphnée….

Ce sera le défi du prochain roman. Nous retrouverons les personnages de « Crimes sans châtiment » et de « Prisonnier » dans :

« Les étranges crimes du plateau de la Viadène. »

Du même auteur sur Amazon livres :

L'ILLUSION D'UN REVE (Roman)

CONFIDENCES ET CONFESSIONS D'UNE FEMME (Roman)

MON MOIS DE MAI 68 (Roman)

« Mon mois de mai 68 » a été traduit en Anglais par Elizabeth Workman sous le titre : MY STORY OF MAY 68.

CRIME SANS CHATIMENT (Roman)

LES ETRANGES CRIMES DU PLATEAU DE LA VIADENE (Roman)

LA DROLE DE VIE D'ANDRE RIGAL DIT « Dédé ». (Roman)

LA VIE CACHE DE « Dédé ». (Roman)

COMMENT BIEN S'ALIMENTER (Précis de diététique)

COMMENT RESTER EN BONNE SANTE (Précis de médecine préventive à l'usage de tous)

POEMES ET CHANSONS Tome 1

POEMES ET CHANSONS Tome 2

POEMES ET CHANSONS Tome 3

Retrouvez les poèmes et chansons de Gilbert Trichet sur la chaîne YOUTUBE / GILBERT TRICHET

Printed in Poland
by Amazon Fulfillment
Poland Sp. z o.o., Wrocław

61511798R00065